뭐라도 될 줄 알았지

뭐라도 될 줄 알았지

학교에서 사회에서
씨네타운 나인틴
3PD가 배우고 놓친 것들

이재익 · 이승훈 · 김훈종 지음

중앙 books
JoongAng Ilbo

지금껏 올바르게 살아왔다고는 생각하지 않는다.
다만, 꿋꿋하게는 살아왔다.

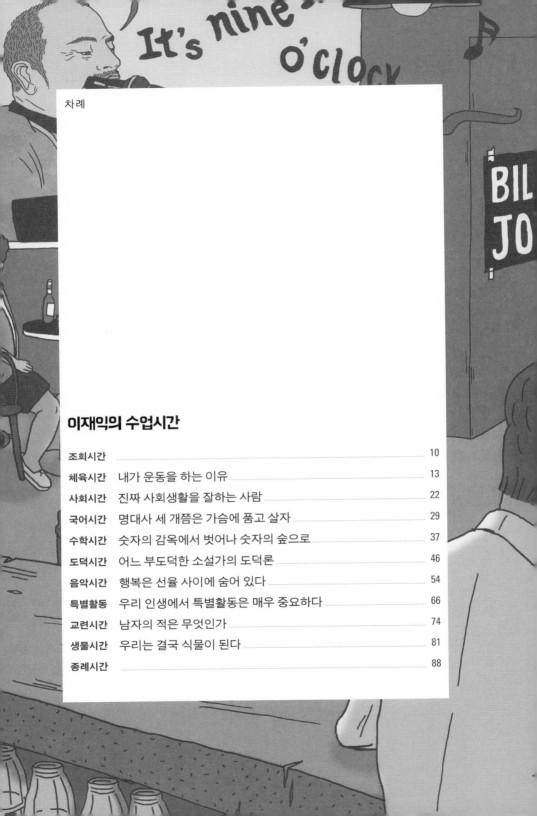

차례

이재익의 수업시간

이승훈의 수업시간

김훈종의 수업시간

이재익의
수업시간

벌써 세 번째다. 같은 방송국 동료들인 김훈종, 이승훈 PD와 함께한 책이 이렇게 또 나왔다. 같이 진행하는 영화 팟캐스트 〈씨네타운 나인틴〉은 4년을 채우고 만 5년을 보고 있다. 세 권씩이나 책을 같이 내게 될 줄도, 5년씩이나 팟캐스트를 진행하게 될 줄도, 정말 상상하지 못했다. 똑똑하고 믿음직한 동생들 덕분이다. 고맙다.

이번 책을 정의하자면, 마흔을 넘은 아재 세 명이 지금껏 살아오면서 '나'라는 남자를 만들어낸 개인적 경험과 교훈을 공유하는 책이라고 하겠다. 노골적인 추억팔이였던 첫 번째 책과 교묘한 추억팔이였던 두 번째 책과 달리, 이번 책은 지금 현재 우리의 이야기를 담고 있다. 물론 대부분의 담론은 과거의 사건을 언급하기 마련이지만, 이 책에서 다루는 과거는 과거 그 자체가 아니라 지금 2016년에 내가 하고 싶은 이야기를 하기 위한 재료로서 쓰인다.

내가 체질적으로 훈장질을 무척 싫어하기 때문에, 가르치려는 태도는 찾아보기 힘들 것이다. 그러니 뭔가 대단한 설교를 기대하신 독자라면, 내가 쓴 글은 건너뛰는 것이 좋다. 개인적 고민과 고백, 기가 막힌 에피소드들이 있고 간간히 타산지석이 될 만한 실패담도 있을 거다. 아직 나는 누군가에게 훈계할 자격이 없고, 앞으로도 없을 테니 그저 공유하고 싶을 뿐이다. 대략 인생의 절반쯤 살아온 시점에서 내가 느끼고 생각한 것들을.

다만 문장이 단호하게 끝나서 이래라저래라 하는 인상을 받을 수도 있겠다. 그건 내가 우유부단한 표현을 싫어하기 때문이다. 뭐뭐 하는 것 같아요, 조금 기분이 좋았어요, 그런 느낌이 들었어요 등등. 그러니 내가 단호하게 말한다고 해도, 설령 명령형으로 문장을 끝낸다고 해도 그냥 이재익은 이렇게 생각하는구나 정도로 여겨주시길.

각 글에는 수업시간처럼 과목명을 붙여봤다. 그런데 놀랍게도, 도덕시간이 있다. 문란함과 부도덕함의 심볼처럼 여겨지는 내가 도덕을 논하다니, 왓 더! 이 얼마나 아이러니한가. 이건 마치 패리스 힐튼이 쓴 〈검소함에 대하여〉, 전두환이 쓴 〈민주주의란 무엇인가〉, 백종원이 쓴 〈생식이 정답이다〉 같은 맥락 아닌가? 호기심 때문에라도 꼭 한번 읽어보고 싶다는 생각이 막 들고 막 그러지? 응?

지금껏 올바르게 살아왔다고는 생각하지 않는다. 풉. 다만, 꿋꿋하게는 살아왔다. 그래서 꿋꿋하게 또 새 책으로 인사드린다. 부디 고개를 끄덕이거나 피식피식 웃는 경험을 하실 수 있기를 바랄 뿐.

자, 이제 수업 시작이다. 잘 놈들은 자고, 들을 놈들은 들어봐라.

"옛날 옛적에 이재익이라는 양아치가 살았는데 말이지….."

내가 운동을 하는 이유

체육시간

파괴와 재생의 에너지가 공존하는 시기, 나는 젊음이 부럽다.
그래서 나는 오늘도 한강변을 달린다.

나는 편식은 하지 않지만, 운동에 관해서는 기호가 분명하다.
어릴 때부터 공이나 기구로 하는 운동은 별로였다. 그러나 순수하
게 몸만 쓰는 운동, 이를 테면 달리기나 팔굽혀펴기, 윗몸일으키기
등등은 무척 잘하고 또 좋아했다.

학창 시절 체육시간에도 나는 농구나 축구를 하는 무리에 끼
지 않았다. 대신 운동장 구석에서 여학생들과 수다를 떨거나 사정
이 허락하면 소각장에서 담배를 피우곤 했다. 나는 체육시간을 정
말로 좋아했다. 지금도 그렇다. 조기축구회나 골프, 테니스는 딱 질
색이지만, 혼자 헬스클럽에서 운동하거나 자전거로 한강을 달리는
건 너무 좋아한다.

육체를 단련한다는 건 남녀를 불문하고 너무나도 중요한 일이다. 몸의 건강을 위해서도 그렇지만 정신 건강을 위해서도 그렇다. 운동이 뇌의 효율은 물론이고 인간의 행복감과 깊은 연관이 있다는 수많은 연구결과를 굳이 언급할 필요가 있을까?

그렇다고 여기서 운동의 중요성에 대해 역설하려는 건 아니다. 이 자리에서 나는 운동과 관련된 몇 가지 개념에 대해 말하고자 한다. 젊음, 성적긴장감 그리고 연애.

우리가 쓰는 단어들 중에 아마도 가장 많은 방식으로 정의되는 단어는 '사랑'일 것이다. 사랑은 어쩌고저쩌고 하는 식의 말들을 참 많이 들어보지 않았나? 존 레논의 노래 〈LOVE〉 안에서만도 사랑에 대해 11가지의 정의를 내릴 정도니.

젊음 또한 수많은 정의가 내려진 단어다. 누구는 '젊음은 젊은 이들에게 주어지기에는 아깝다'고 하고, 누구는 '아프니까 청춘'이라고 헛소리를 하기도 한다.

젊음의 정의 역시 애매하다. 대체 몇 살까지 젊다는 표현을 쓸 수 있는 걸까? 서른? 마흔? 자기가 몇 살인지에 따라서도 젊음의 기준은 오락가락한다. 올해로 마흔두 살인 나는 20대 학생들이 보기엔 늙은 아저씨일 거고, 50대나 60대의 눈엔 아직 한창인 젊은이로 보일 거다. 내가 스스로를 보기엔… 때에 따라 다르다. 어떤 날에는 아직 애 같고, 어떤 날에는 늙은이 같다.

이토록 애매모호한 '젊음'이라는 개념에 대해 내가 가장 공감하는 창작물은 영화로도 만들어졌던 소설 《트레인스포팅》이다. 어빈 웰시가 쓴 이 위대한 소설은 20세기 말, 전 세계적으로 수천만 권이 팔린 베스트셀러다. 소설의 스토리는 별 게 없다. 술과 마약에 찌든 젊은이들이 우왕좌왕 놀러 다니면서 육체와 젊음을 탕진하는 에피소드들이 끝도 없이 이어진다. 쟤 저러다 죽겠구나 싶은 생각도 드는데, 어이없게도 진짜 그러다 죽는 캐릭터도 있다.

스코틀랜드라는 변방 지역 중에서도 뒷골목이 무대인데다가, 루저들 중에서도 상루저에 속하는 마약-알코올중독자, 에이즈 환자 등이 무더기로 주인공 행세를 하는 이 소설이 어떻게 이런 미친 판매고를 올렸는지는 사실 의문이다. 세기말이라는 시기와 맞아떨어져서일까? 아니면 나처럼 젊음의 속성에 대해 이 작품과 공감하는 사람들이 많았던 것일까?

이 소설은 대니 보일 감독에 의해 영화화되었는데, 바람직한 영화화 순위 1, 2위를 다툰다고 해도 과장이 아닐 정도로 멋진 영화로 탄생했다. 단순히 소설 안의 내러티브를 영화로 옮겨놓은 것이 아니다. 책에서는 단초로만 존재하던 음악과 패션을 기가 막히게 살려놓았다. 지금 다시 봐도 이 영화의 음악과 패션은 생생하고 새롭다. 또 마약으로 인한 환각을 유머 넘치는 영상으로 표현해낸 장면도 절로 엄지를 들어 올리게 만들었다.

이 작품이 출판계와 영화계를 뜨겁게 달구던 때 즈음, 나는 작품 속 인물들과 비슷한 20대 초중반의 나이였다. 인생이라는 길을 따라 펼쳐지는 많은 풍경들은 그곳을 지나고 나서야 제대로 보이는 것처럼, 그때는 몰랐다. 왜 젊음이 젊음인지를.

취직을 하고 집을 사고 결혼을 하고 아이를 낳고… 마치 숙제처럼 당연시되던 절차 또는 의무들을 부지런히 마치고, 서른이 넘은 나이에 나는 이 책을 다시 읽었다. 그때 깨달았다. 젊음이 젊음인 이유를. 파괴와 재생의 에너지가 공존하기에 젊음이라는 사실을, 젊음이 지나간 뒤에 깨달았다.

젊은 시절, 우리는 스스로를 괴롭히고 몰아붙이고 망가뜨린다. 소위 어른들이 보기에 참 딱할 정도다. 그래서 어른들은 잔소리를 늘어놓기도 하고, 젊음은 젊은이들에게 주기에 너무 아깝다는 식의 탄식도 한다. 그런데 놀랍게도 그렇게 엉망으로 만든 폐허에서 재생과 희망의 에너지가 샘솟는다.

이는 우리 육체의 속성과도 비슷하다. 어릴 때는 까불다가 툭툭 찢어지고 부러져도 잘만 낫는다. 그러나 나이가 들면 우리 몸의 재생력은 급속도로 떨어져서 찢어져도 부러져도 잘 붙지 않는다. 대신 나이를 먹으면서 우리는 스스로를 보호하는 법을 배운다. 실패하지 않으려 하고, 상처받지 않으려고 한다. 가진 것을 내놓길 두려워하고, 새로운 길로 접어들기를 망설인다. 이 역시 우리 육체의 속성과 비슷하다. 나이가 들수록 다친 육체는 쉬이 낫지 않는 대신 우리는 더 조심스럽게 걷고 뛰고 행동한다. 아이들의 팔다리에는 멍 자국, 까진 자국이 흔하지만 어른들의 팔다리에 그런 상처는 많지 않다.

앞에서 운동 얘기를 잠시 했는데 바로 이 이유에서다. 운동을 해서 육체를 더 건강하게 유지한다면 우리는 조금 더 용감해질 수 있다. 내가 체육 전공이 아니라서 운동을 하면 육체의 재생력까지 늘어나는지는 모르겠지만, 충분한 근육과 체력이 뒷받침되면 더 빨리 걸을 수 있는 것은 물론 더 위험한 도전도 할 수 있는 것은 분명하다.

이쯤에서 성적긴장감에 대한 이야기를 해보자. 나는 삶의 생기를 불어넣는 가장 큰 힘 중의 하나로 성적긴장감을 꼽는다. 보통 성적긴장감이라는 말을 들으면 '혹시 남녀 사이에 무슨 일을 벌일 것 같은 기운' 정도로 생각하기 쉬운데, 잘 생각했다. 내가 말하고자 하는 성적긴장감은 바로 그거다. 실제로 무슨 일이 일어나느냐 마느냐 하는 문제와는 별개로, 어떤 일이 일어날 수도 있다는 가능성은 매우 중요하다. 가능성이 1퍼센트라도 있는 것과 아예 없는 것은 천지 차이. 가능성이 있는 삶과 가능성이 없는 삶, 어느 쪽이 생기 있겠는가?

사람들은 잘생기고 섹시한 외모와 성적긴장감을 쉽게 연결 짓는데, 이런 생각은 맞기도 하고 틀리기도 하다. 왜냐하면 성적긴장감은 외모뿐 아니라 그 사람의 이성을 대하는 태도에서도 많은 영향을 받기 때문이다. 말과 행동, 눈빛, 손짓 등등. 태도가 섹시한 사람은 외모에서 부족한 부분이 상쇄되며, 그 반대도 마찬가지다. 외모도 훌륭하고 태도도 섹시한 사람이라면 분명 주변에 이성이 들끓기 마련이다.

그런데 얼굴과 몸에 칼을 대지 않는 이상 타고난 외모를 바꾸는 방법은 운동밖에 없다. 게다가 운동을 해서 육체에 힘이 생기면 태도까지 달라진다. 사람마다 정도의 차이는 있겠지만, 이성에 대해 조금 더 자신 있고 도발적인 태도가 생기는 것이다. 그러니 운동은 성적긴장감을 위해 가장 적절한 준비라고 하겠다.

파괴와 재생이라는 젊음의 속성은 연애의 영역에서도 고스란히 통용된다. 어릴 때는 누굴 만나고 연애하고 헤어지는 일을 두려워하지 않는다. 한 살 한 살 나이를 먹을수록 누군가를 좋아하기가 어려워진다. 대신 덜 다치고, 덜 실패하려고 대상을 고르고 또 고른다. 바로 이 점에서 성적긴장감과 젊음 그리고 사랑이라는 세 개의 개념이 끈끈하게 연결된다.

남자와 여자가 인연을 맺는 데는 수많은 힘이 작용하는데 그중에서도 가장 빠르고 강력한 힘이 바로 성적긴장감이다. 아무리 봐도, 아무리 같이 있어도 아무 생각이 들지 않는 이성과 자꾸 신경 쓰이고 신경 쓰이게 만들고 싶은 이성 중에 어느 쪽과 사귈 확률이 높겠는가? 성적긴장감을 잃어버린 사람은 나이가 아무리 젊더라도 적어도 연애의 영역에서는 노인이나 마찬가지다. 반대로 성적긴장감을 잘 유지하는 사람은 나이가 들어도 연애의 영역에서는 젊다.

사람에 따라 성적긴장감을 불편해하는 사람도 있을 것이다. 사람들이 자신을 이성으로 봐주지 않기를 바라는 사람도 있겠지.

긴장이 없으면 편해지는 건 사실이다. 이 글을 읽고 있는 독자들 중에서도 남자들이 나를 여자로 봐주지 않기를 원하는 여자라면, 또는 여자들이 나를 남자로 봐주기를 원하지 않는 남자라면, 괜히 이 글을 읽은 셈이다.

안타깝게도 나이가 들고 육체가 노쇠하면 자연스럽게 성적긴장감은 줄어들 수밖에 없다. 자기 자신이 갖고 있는 것도 그렇고 이성에게 느끼는 부분도 마찬가지다. 자연의 섭리다. 모든 것이 다 그렇겠지만 너무 악착같이 집착하면 비참하고 추해진다. 그러나 노력해서 가능한 부분이 있다면, 노력을 부끄러워할 필요가 없다. 헬스클럽에서 땀 흘리는 사람들도, 성형수술을 받는 사람들도, 내 눈에는 멍하니 늙어가는 사람들보다는 섹시해 보인다. 지나치지 않는 한에서는.

나이는 숫자에 불과하다는 말은 개소리다. 어느 누구도 다시 젊어질 수 없다. 다만, 젊은 척은 할 수 있다. 상처받고, 도전하고, 잃는 것을 두려워하지 않는다면. 육체를 단련하는 노력을 게을리하지 않는다면.

파괴의 에너지와 재생의 에너지가 뒤섞인 위험하고 매혹적인 시기. 나는 젊음이 부럽다. 나이를 거꾸로 먹을 수는 없으니 젊은 척이라도 하면서 살련다. 그래서 나는 오늘도 한강변을 달리고 팔굽혀펴기를 하고 물살을 가른다. 기꺼이.

진짜 사회생활을
잘하는 사람

모든 룰을 다 지키면서 사는 삶은 또 얼마나 답답한가?
다만 감당하지 못할 불이익이 예상되는 일탈 행위는 하지 않는 것이 좋다.

학교에서 배우는 사회와 진짜 사회가 너무나도 다르다는 건 이미 학교를 졸업하기 전에 알게 된다. 학교 역시 다수의 구성원이 규칙과 합의에 의해 살아가는 작은 사회인데, 학교의 모습마저도 수업시간에 배우는 이상적인 사회의 모습과는 판이하게 다르니까. 아이들은 이미 학교에서 불의를 목격하고 불의와 타협하는 법을 배운다. 그리고 대다수는 충분히 비겁해진 채 진짜 사회로 나오게 된다.

나 역시 그랬다. 나는 학교를 다니는 동안 종종 불의와 부당함의 수혜자였다. 똑같이 담배를 피우다 걸려도 덜 혼났고 술을 마시다 걸려도 덜 맞았다. 연애를 해도 막지 않았고 싸워도 덜 혼났다.

이유는 간단하다. 성적이 좋았으니까.

그즈음부터 나는 깨달았다. 어떤 집단에서 핵심가치를 충족시키고 나면 다른 부수적인 흠결에 대해서는 비교적 너그러운 기준을 적용받는다는 것을. 물론 흠결의 크기가 아주 크면 그런 관용조차도 소용없겠지만, 어쨌든 똑같은 과오에 대해 다른 기준이 적용될 수 있다는 오묘하고도 불합리한 이치를 일찍 깨달았던 것이다.

고등학교를 졸업한 후에 군대에서 또 한 번 비슷한 경험을 했다. 카투사로 입대해서 미군부대에 근무했던 나는 일반 한국군들과 비교도 안 되게 편안한 군생활을 영위했다. 매주 금요일 오후에 집으로 왔다가 일요일 저녁에 부대로 복귀하는 걸로 모자라, 우리나라 공휴일과 미국 공휴일 모두를 다 쉬었다. 쉬는 날은 당연히 외박을 했다. 게다가 내무반 생활도 안 하고 기숙사 같은 방에서 미군 한 명과 둘이서만 지냈다. 2년 동안 공짜로 어학연수를 한 셈이랄까. 카투사라고 다 편하게 지내는 건 아니지만, 나는 정말 최고로 편하고 즐겁게 군생활을 했다.

이 정도면 감사하고 만족할 줄을 알아야 하는데 사람, 아니 나의 욕심은 끝이 없더라. 이런 혜택에도 모자라 말도 안 되는 짓을 저질렀다. 주말에 외박 나와서 과외를 한 것이다! 그것도 학생 한 명도 아니고 세 명을 팀으로 짜서. 그렇게 매달 백만 원씩의 돈을 벌었다. 벌써 20년 전 일인데, 당시 일반 직장인 월급하고 별 차이가 없었다. 내 군인 월급이 만 원이었으니까.

나쁜 짓을 하려면 몰래나 하지, 나는 같은 부대 동료들에게 별생각 없이 이 사실을 말했던 것이다. 내 기억으로는, 일요일 저녁에 부대로 들어오기 전에 같은 부대원들이 서울에서 만나 맥주나 한잔 하고 들어오자고 했는데, 밖에서까지 부대원들을 만나기 싫어서 과외가 있다고 말했던 것 같다.

　　그로부터 한 달쯤 뒤 나는 카투사를 관리하는 주임원사실로 불려갔다. 내 입방정은 기억도 못 한 채. 이유도 모르고 간 자리에서 주임원사는 단도직입적으로 이렇게 말했다.

　　"이재익 일병. 너 주말에 나가서 과외한다며?"

　　헉…. 그때 나는 고등학교 시절 사고 쳤던 기억이 떠올랐다. 다행히 우등생 어드밴티지로 다른 학생들과 비교해 벌을 덜 받았던 기억. 그런데 군대란 특별히 뭔가를 잘하기가 어려운 사회다. 사격, 훈련, 부대생활 등은 다 고만고만해서 못하면 티가 나지만, 잘해도 티가 안 난다. 그래서 절망했다. 구제받을 길이 없겠구나.

　　나는 심각한 표정을 짓고 있는 주임원사 앞에서 그냥 사실을 시인하고 벌을 달게 받겠다고 말했다. 예나 지금이나 빨리 시인하고 사과하는 습관은 뭐, 기가 막히다.

　　영창까지는 안 가겠지? 군기교육대에 가려나? 설마 미군부대에서 쫓겨나 한국군으로 원복? 아니면 그동안 규정 위반으로 번 돈을 토해내야 하나? 이미 유흥비로 홀랑 다 써버렸는데…. 갑갑한 마음으로 차렷 자세를 하고 서 있는데 상상도 못 한 주임원사의 한

마디가 들려왔다.

"넌 인마, 성격도 좋은 녀석이 왜 그랬어?"

엥? 성격? 나는 귀를 의심했다. 군인이 규정을 어기고 밖에서 돈을 벌다가 걸렸는데 갑자기 성격 얘기가 왜 나오지?

주임원사는 이어서 계속 엉뚱한 소릴 해댔다.

"우리 재익이는 미군들한테도 인기가 많고 부대원들하고도 잘 지내고 말이야. 지난번 카투사 위크 때 무대에서 멋있었잖아. 나도 비틀즈 좋아해, 인마."

몇 달 전, 카투사 위크라고 1년에 한 번씩 카투사들이 중심이 되어 미군부대에서 여는 축제가 있었다. 그때 카투사 밴드 멤버로 무대에 올라가 비틀즈의 노래를 연주했는데 주임원사가 아마도 그 무대를 본 듯했다.

나는 희망의 불빛을 보았다. 영창이나 군기교육대는 어느새 머릿속에서 지워져 있었다. 일단 좀 더 진심 어린 사죄 및 친밀감을 강조하는 멘트를 던졌다.

"저도 원사님이 참 멋진 분이라고 생각했는데, 원사님의 기대를 저버리는 행동을 한 점 깊이 반성하겠습니다."

"그래? 하긴 나도 소싯적에 기타 좀 쳤다. 하하."

분위기는 점점 묘하게 흘러가고 있었다. 나는 눈치를 보며 슬쩍 제안했다.

"혹시 나중에 기회가 되면 제가 기타 좀 가르쳐드려도 될까요?"

"오, 좋지. 근데 기타보다도 말이야."

주임원사는 인상을 잔뜩 찌푸리더니 담배를 한 대 권했다. 그 냥 받을 내가 아니었다.

"제 담배 피시겠습니까? 서울에서 사 온 건데….”

암, 군대 담배보다야 밖에서 사 온 말보로 담배가 훨씬 맛있지.

그렇게 주임원사와 사제 담배 한 대를 나란히 피면서, 연기와 함께 흐르는 침묵의 의미를 파악하려고 애썼다. 꽁초가 간당간당 해졌을 무렵, 마침내 주임원사의 고백이 흘러나왔다.

"재익아. 내가 명색이 미군부대 파견 주임원사인데 말이야. 토익 점수가 너무 안 나온다.”

빙고! 그다음 대사는 듣지 않아도 알 법했다.

"너 서울대 영문과 나왔지? 과외도 한다면서…, 영어 잘 가르 치냐?"

그 뒤로 나는 평일 일과 시간에 두 시간씩 주임원사에게 영어 를 가르쳤다. 주말 비밀과외를 계속했던 건 물론이고. 주임원사의 토익 성적이 올랐을 때는 우수병사로 추천받아 특별휴가까지 얻었 다. 늙은 악당과 어린 악당의 콜라보랄까?

그 사건으로 나는 또 하나의 못된 요령을 배웠다. 어느 조직이 든 나를 관리하는 관리자가 있는데, 관리자와의 돈독한 관계가 업 무 그 자체만큼이나 중요하다는 것.

여기에서 글을 마치면 이 글은 사회생활에서 요령의 중요성을 설파하는 것으로 끝맺겠지만, 그러면 쓰나.

　이런 식의 요령과 규정 위반이 이어지다 보면 언젠가는 대가를 치르게 된다는 말을 꼭 해주고 싶다. 일탈의 정도가 심할수록 그 대가는 혹독하다. 뉴스를 보면 자주 나오지 않나. 잘나가던 사람이 과거의 일탈 행위로 고꾸라지는 일이 매일같이 벌어진다.

　그렇다고 겁을 주면서 모든 규범을 지키며 살자는 교훈적이고 무성의한 결론으로 이 글을 끝내고 싶진 않다. 모범과는 안드로메다인 삶을 산 나로서는 훈계할 자격도 없다. 나뿐만 아니라 누구에게나 사회 또는 소속 집단의 규범을 완벽하게 지키며 살기란 참 어려운 일이다. 게다가 모든 룰을 다 지키면서 사는 삶은 또 얼마나 답답한가? 명색이 소설가로서, 흥분이라고는 한 줌도 없는 삶을 독자에게 권할 순 없다.

　다만 이렇게 말하고 싶다. 가끔, 그렇지만 가능한 한 자주 자신을 돌아봐야 한다고. 나의 행동이 조직의 규범에서 얼마나 어긋나 있는지. 그리고 문제가 되었을 때 치러야 할 대가가 내가 감당할 만한 것인지를 가늠해봐야 한다고.

　우리가 속해 있는 여러 종류의 집단과 사회, 예를 들면 가족, 회사, 친구 모임, 각종 협회 등은 소속이 되어 있다는 이유만으로 우리에게 여러 혜택을 준다. 사랑을 베풀어주고 월급을 주고 응원을 해준다. 그 대가로 우리는 규범을 지키는 것이다. 규범을 어겼을 때 받을 불이익 역시 당연하게 받아들여야 한다. 감당하지 못할 불이익이 예상되는 일탈 행위는 하지 않는 것이 좋다. 룰을 어기면 벌받고 욕먹는 것이 당연하다. 이걸 못 견디는 사람은 뻔뻔하기까지 한 셈이다.

사회생활을 잘한다는 표현에는 요령과 일탈의 영역이 함께 포함되어 있다. 실력보다 더 좋게 평가를 받고, 문제가 생겼을 때 부드럽게 넘어가고, 사고를 쳤을 때 벌을 덜 받는 능력 등등 말이다. 고꾸라지지 않을 만큼 적당히 나쁜 짓을 하는 능력도 포함되려나? 따지고 보면 좋은 능력이라고는 할 수 없다. 정의로움과는 거리가 멀다. 그런 능력을 갖춘 사람에게 사회생활을 잘한다는 표현을 쓰는 건, 우리 사회가 정의롭지 못하다는 사실의 반증이기도 하겠지.

앞에서 들려준 군대 이야기가 옛날 얘기처럼 들린다고? 요즘 군대는 달라졌다고? 불과 얼마 전에 이런 기사가 포털사이트 메인 화면에 올랐다. 군대 간부와 사병들 간의 부적절한 관계가 관행처럼 번져 있다는 내용이다. 기사 헤드라인은 다음과 같다.

'명문대생 군대 가면 간부 자녀 무료 과외 선생님.'

아이고, 이놈들아. 아직도 그러고 있냐?

명대사 세 개쯤은
가슴에 품고 살자

**가슴에 남아 의식에 영향을 주는
문장들이 우리 삶을 이끈다.**

    내 직업은 소설가다. 이 사실로 어렵지 않게 짐작할 수 있을 것이다. 학창 시절 내가 단연코 제일 좋아했던 과목은 국어시간이었다. 고등학교에 올라와서는 문학과 작문시간까지도.

    비록 교과서에 실리는 글이 교훈적이고 반듯한 글이 대부분이라 해도, 좋은 글을 읽는 기쁨은 다른 과목에서는 느낄 수 없었다. 시와 소설을 제일 좋아하긴 했지만 수필이나 심지어 딱딱한 평론도 싫지 않았다.

    그렇게 국어책을 읽다가 마음을 툭 치는 문장이라도 만나면 예쁜 여학생하고 마주친 것처럼 종일 마음이 들뜨곤 했다. 저학년일 때는 박목월이나 황순원, 피천득 선생 등의 서정적인 문장에 열

광했다가 담배를 피우기 시작한 뒤로는 이상의 허무하고 절망적인 매력에 빠져들었고 김광균의 시를 외우고 다니기도 했다. 특히 중학교 교과서에 실렸던 〈언덕〉이라는 시를 좋아했다. 심심할 때면 날 저무는 언덕에 올라 어두워 오는 하늘을 향해 나발을 불었다는 시의 도입부처럼, 나는 심심할 때면 날 저무는 학교 소각장 구석에 가서 어두워 오는 하늘을 향해 담배를 피웠던 것이다.

좀 더 고학년이 되자 교과서가 시시해졌고 관심사도 소설로 압축되었다. 언제부터인가는 내가 읽는 책의 99퍼센트가 소설이었을 정도다. 그런데 참 이상하지. 그렇게 소설을 탐독했음에도 불구하고 소설 속 문장 중에 기억나는 건 많지 않다. 오히려 가슴에 남아 내 의식에 영향을 주는 문장은 영화 속에 나오는 대사들이다. 왜 그럴까? 짧고 간결하고 구어체여서일까? 그중에서 내 가슴을 흔들었던 명대사 몇 개를 독자 여러분과 나누고자 한다.

"공무원 시험 준비해."
― 영화 〈족구왕〉 중에서

어느 시대든 당대의 젊음을 그려내는 청춘영화가 있다. 사실 시나리오 작가로서 내 입봉작도 청춘영화였다. 1999년에 개봉한 〈질주〉라는 영화였는데, 당시 내 또래 20대 초중반 젊은이들의 세기말적 고민과 방황을 포착한 영화라는 제작사의 광고 문구와 달리 흥행에서는 참패를 맛봤다. 나 때문이다. 지금에야 고백하지만 진정성도 완성도도 턱없이 부족한 시나리오였다.

〈질주〉 이전에도 이후에도 청춘영화는 많이도 나왔다. 그중 〈족구왕〉은 적어도 내가 본 수십 편의 청춘영화 중에서 〈트레인스포팅〉과 함께 최고로 꼽고 싶다. 내가 생각하는 좋은 청춘영화의 네 가지 기준은 진정성, 에너지, 속도, 스타일이다. 〈트레인스포팅〉이 속도와 스타일 면에서 최고의 청춘영화였다면, 〈족구왕〉은 진정성과 에너지 면에서 최고다. 특히 진정성 면에서 방점을 찍는 대사가 바로 앞에서 언급한 '공무원 시험 준비해'다.

남자주인공 만섭과 같은 기숙사 방에 사는 나이 많은 선배가, 복학하고 들어온 만섭에게 심드렁하게 던지는 말인데, 이 대사는 영화 〈족구왕〉이 저항하는 대상, 즉 우리 청춘이 갇혀 있던 덫을 은유나 상징 없이 드러낸다.

언제부터 전문직, 공무원 등등의 안정적인 직업이 마치 젊음이 가질 수 있는 최고의 가치인 양 되어버렸을까? 대학의 서열화보다 더 슬픈 학과의 서열화가 자리 잡게 된 이유는 무얼까? 청춘들이여, 무엇이 그토록 두려운가? 반대로, 무엇이 그대들을 이토록 위협하는가? 다들 나처럼 걱정해주는 척, 미안한 척, 또는 한숨지으며 공허한 질문을 던질 때 〈족구왕〉은 용감하게 대안을 제시했다. 짓눌린 청춘들이여, 족구를 해라.

이렇게 훌륭한 대안은 처음 본다. 설마 이 글을 읽으면서 족구

를 족구로 읽는 사람은 없겠지? 간단하게 사족을 달아본다. '족구=필요가 아니라 재미로 하는 것들.'

그렇다. 비록 현실의 비정함은 외면할 수 없을지라도, 가끔 족구를 하면 우리는 조금 더 여유롭고 조금 더 유쾌하고 조금 더 행복해질 수 있다. 그리고 족구 안에 길이 있을 때도 많다. 나 역시 재미로 쓰던 소설 덕분에, 재미로 모으던 음반 덕분에, 재미로 보던 영화 덕분에 잘 먹고 잘살고 있으니.

한 가지 더. 젊은이들의 현실 성토에 이렇게 말하는 어른도 있다. '왜 대안 없이 불평만 늘어놓느냐고.' 정말 주먹을 부르는 헛소리가 아닐 수 없다. 당장 먹고살기도 힘든 어린애들이 대안까지 내놓아야 하나? 애가 배고프다고 울면 돈 벌어 오라고 하는 부모가 부모인가? 대안은 어른들의 몫이다. 그래서 어른 대접을 받는 거고. 젊은이들한테 대안 운운할 생각이라면, 야 이 꼰대들아. 존댓말들을 생각부터 집어치워라. 차라리 족구를 하라고 해.

"어디서 동정질이야? 한 가정의 가장에게."
―드라마 〈미생〉 중에서

많이 알려진 대로 드라마 〈미생〉은 윤태호 작가의 웹툰 〈미생〉을 원작으로 만들어졌다. 놀랄 만치 닮은 부분들도 있고 의외로 많이 변형된 부분들도 있다. 그런데 내가 웹툰에서 제일 좋아하던 장면이 살아 있어서 다행이었다.

인턴사원으로 종합상사에서 일하는 주인공 장그래는 하청업체에서 온 사람이 정신없이 뛰어다니는 모습을 보고 불쌍하게 생각한다. 그런 장그래에게 팀장인 오차장이 따끔하게 했던 말이다.

사람들이 착각하기 쉬운데, 동정심이라는 감정은 내가 상대보다 우월하다는 오만함을 바탕으로 하는 경우가 많다. 약자에게 갖는 감정인 것이다. 언뜻 보면 따뜻한 휴머니티의 일부처럼 보일 수 있지만, 실상 동정은 무척 조심해서 베풀어야 한다. 오만함이 없는 순수한 배려로 베풀 때 동정은 비로소 온전해진다. 오차장이 장그래를 혼낸 것도 동정심의 기저에 음험하게 깔려 있는 오만함을 경계하라는 의도에서였을 거다.

특히 일로 맺어진 관계에서 을에 대한 동정은 상황만 달라지면 을에 대한 횡포로 바뀌기 쉽다. 나보다 약한 사람이니 불쌍하게 여겨야 한다는 갑의 착한 마음은 여유가 있을 때 이야기. 내가 급하면 언제든지 나보다 약한 사람이니 밟고 가자는 마음으로 바뀔 수 있다. 그러니 일 관계에서는 아예 감정을 갖지 않고 이성적으로 대하는 것이 차라리 옳다.

여기서 또 조심해야 할 부분이 있다. 동정은 삼가되 존중은 잃지 말아야 한다. 존중이란 무엇인가. 사람과 사람 사이 관계에 있어 상대를 있는 그대로 인정해주는 마음이다. 작년인가? 압구정동의 한 아파트에서 주민의 횡포로 경비원이 분신자살한 안타까운 일이 있었다. 나도 그 아파트 주민이었기에 그곳의 특수성을 잘 알고 있다. 경비아저씨들의 업무가 단순한 집 지키기에서 끝나지 않는다. 주차 공간이 부족한데다 단지 내에 고가의 외제차량이 많아 경비원들이 주차 대행 서비스를 하는 일도 비일비재하다. 게다가 다른 아파트 단지에 비해 노년층 거주 비율이 높아서 그런지 경비원들이 주민들의 심부름을 하는 일도 많이 봤다. 그럴 때마다 경비원들에게 돈을 쥐어주기도 하고. 상황이 이렇다 보니 경비원을 경비원으로 존중하지 않고 종으로 여긴 주민이 있었나 보다.

사람들은 이 사건을 보며 가해자인 주민을 무정하다 욕했지만, 이는 문제의 핵심을 비껴나간 비난이다. 차라리 무정하게 대했으면 나았을 테지. 어떻게 보면 이 사건은 우리가 을을 동정의 대상으로 삼는 태도에서 파생된 일이라 할 수 있다. 경비원은 동정의 대상이 아니다. 존중의 대상이다. 경비원뿐 아니라 우리 사회의 모든 '을'들이 그렇다. 〈미생〉에서는 비록 한 가정의 가장을 동정하지 말라는 조건을 붙였지만, 나는 어떤 입장의 을도 동정해서는 안 된다고 생각한다. 감히. 그러나 존중만큼은 그들의 당연한 몫이다.

"아들아. 아무리 현실이 힘들다 해도 인생은 아름답단다."
— 영화 〈인생은 아름다워〉 중에서

'헬조선'이라는 표현이 난무한 요즘, 낙관을 이야기하면 현실

파악을 못 하는 바보나 기득권을 유지하려는 꼰대로 취급받기 십상이다. 그럼에도 불구하고 대책 없는 낙관론의 끝판왕과도 같은 이 대사를 꺼내 들고 싶다.

〈인생은 아름다워〉라는 제목은 결코 영화의 스토리와 어울리지 않는다. 제2차 세계대전 당시 나치수용소에 끌려간 유대인 가족의 이야기니까. 그야말로 한 가족의 지옥체험이다. 메타포로서의 지옥이 아니라 진짜 지옥. 그런데 이 절멸 수용소에서 죽음을 기다리는 아버지 귀도는 아들 조수아에게 변함없이 희망과 사랑을 이야기한다. 심지어 총살당하러 끌려가는 순간조차도 귀도는 아들에게 웃어 보인다.

누군가는 행복의 조건으로 건강과 돈, 가족을 이야기한다. 어떤 이는 성취, 또 어떤 이는 사회적 명예를 행복의 조건으로 꼽기도 한다. 다 틀렸다. 행복은 상황이 아니라 태도에 달려 있다. 행복할 이유가 많아 보이는 이들 중에서도 불행한 사람들이 많고, 그 반대의 경우 또한 많다.

영화 〈인생은 아름다워〉를 해피엔딩이라고 말하는 사람은 없다. 주인공 귀도가 총살을 당하는데 어떻게 해피엔딩이겠는가. 아들 조수아는 기적적으로 살아났지만, 영화의 제목이 〈인생은 아름다워〉인 이유는 결코 귀도가 아들 조수아를 살려내서가 아니다. 누가 봐도 불행할 수밖에 없는, 행복이라고는 한 줌도 쥘 수 없는 상황에서조차 귀도는 애썼다. 행복하기 위해, 조금이라도 더 아들을 행복하게 해주기 위해. 그가 온몸으로 보여준 메시지가 바로 이 영화의 제목인 것이다.

작금의 현실에 만족하고 배부른 돼지가 되자는 말이 아니다. 영화 속 나치수용소보다는 2016년의 대한민국이 훨씬 더 살 만하니 감사하며 살자는 말도 아니다. 더 많은 사람들이 행복해지기 쉬운 사회가 되도록, 우리는 비판하고 저항하고 일어서야 한다. 그러면서도 동시에 우리는 스스로 행복해야 한다. 행복하기 위해 싸우는 것도 사실이지만 행복해야 싸울 힘이 생기는 것 또한 사실이니까.

지옥의 능선에서도 꽃을 찾자. 죽겠다는 아우성 속에서도 콧노래를 부르자. 부끄러워하지도 말고 게을리하지도 말자. 행복할 이유보다 불행할 이유가 많다 해도, 행복을 찾기에 너무 피곤하다 해도 포기하지 말자. 행복의 추구는 이유를 댈 필요도 없는, 우리 인간의 타고난 권리니까. 절대로 포기하지 말자.

다음 명대사는 보너스로 넣었다. 사실 이것만큼 여운이 길었던 대사는 몇 없다.

"다른 사람의 불행을 이용해서 이기지 말라고 했어요."
—〈뽀로로〉 극장판 중에서

우리가 알아야 할 모든 것들은 사실 유치원에서 배웠다. 제대로 지키지 못할 뿐. 나는 언제쯤 이기려 들지 않고 살 수 있을까?

숫자의 감옥에서 벗어나 숫자의 숲으로

남보다 강해야 사냥감을 차지할 수 있었던 원시인들의 DNA가 남아 있어서일까. 서열과 숫자놀음은 우리 남자들에게 더 가혹하다.

학창 시절 그 수많은 수학시간 내내, 셀 수도 없이 많은 종류의 문제지를 푸는 내내 나는 늘 궁금했다.

'대체 내 인생에 수학 공부가 무슨 쓸모가 있을까?'

대부분의 문과생들이 그렇겠지만 내가 수학 공부를 했던 유일한 이유는 입시 때문이었다. 요즘은 없어졌지만 내가 대학입시를 치르던 시절에는 본고사라는 이름의 시험이 있었는데 수학 문제가 겁나 어려웠다. 각 대학별로 자존심을 걸고 고등학생이 풀 수 있는 최대한 어려운 문제를 출제했기에 엔간히 잘해서는 아예 건드릴 수도 없는 수준이었다. 그래서 소설가를 꿈꾸던 나조차도 이과 수학 문제까지 풀어가며 숱한 밤을 지새워야 했던 것이다.

재미있는 수학 선생님이 한 분 기억난다. 고등학교 때 박정이라는 선생님이 계셨다. 한국인 치고는 체형이 무척 특이했는데, 작은 키에 압도적인 다리 길이와 주먹만 한 머리의 소유자셨다. 앉은 키가 워낙 작은 탓에 선생님이 교실에 앉아 계실 때면 밖에서 잘 보이지 않아서 생긴 해프닝도 많았다. 수업 중에 선생님 어디 가셨냐며 교감 선생님이 들어오시기도 하고, 아이들은 선생님이 안 계신 줄 알고 담배를 주고받다가 현장에서 걸리기도 했다.

그런데 박정 선생님은 유독 계산을 자주 틀렸다. 학생들에게 수학 문제를 풀이해주다가 자꾸 답이 틀려서 혼자 몇 분씩 끙끙대시는 일이 한두 번이 아니었다. '어랍쇼?'를 연발하며 몇 번이고 되풀이해서 문제를 풀던 모습이 얼마나 귀여우셨던지. 그럴 때마다 칠판 앞 선생님 등 뒤로 쓱 나가서 몰래 춤을 추던 미친놈들도 기억이 나고. 아, 나였나? 아무튼 정말 박정 선생님 보는 재미로 지겨운 수학시간을 견딜 수 있었다. 선생님 감사합니다.

내가 예상하고 또 바라던 대로, 대학에 들어가자마자 수학은 빛의 속도로 내게서 멀어져갔다. 과외도 국어와 영어만 했기에 더더욱 수학 문제를 풀 일은 없었다. 이럴 때 보통은 시원섭섭하다는 표현을 쓰던데, 나는 오로지 시원하기만 했다. 섭섭하긴 개뿔.

여하튼, 대학에 들어오면서 수학이라는 학문과는 멀어졌지만 내 인생은 여전히 숫자가 만들어내는 질서에서 벗어나지 못했다. 질서라는 표현이 너무 부드럽다면 강박이라는 표현을 써도 좋겠다.

가장 어릴 때부터 학습되어온 숫자의 강박은 등수였다. 요즘은 어떤지, 또 다른 학교들은 어땠는지 모르겠으나 내가 다녔던 반포중학교와 압구정고등학교는 각종 시험 성적이 나오면 교실 뒷벽과 후문 게시판에 전교 1등에서 20등까지 등수와 이름을 붙여놓았다. 회사로 치면 세일즈 성과를 그래프로 만들어 벽에 붙여놓는 식인데, 무한경쟁을 부추기기에 딱 좋은 자극제였다. 특히 감수성 예민한 아이들에게는 악랄한 개목걸이와도 같았다. 그 안에 들기 위해서, 또 그 안에서도 높은 자리를 차지하기 위해 항상 발버둥 쳐야 했으니.

나 역시 마찬가지였다. 게다가 그 숫자라는 게 무의미한 게 아니라 무척이나 정확한 입시지표와도 같아서 일단 그 등수 안에 들면 서울대학교에 갈 수 있다는 게 정설이었다. 실제로 내가 졸업할 때도 그랬고.

시험은 뭐가 또 그리 많은지. 중간고사, 기말고사에 각종 모의고사를 합치면 거의 매달 시험을 보고 리스트가 업데이트되는 식이었다. 1년 365일 내내, 꼬박 6년 동안 전교 등수라는 숫자와 씨름한 셈이다.

그때는 미처 생각하지 못했지만, 전교 20등 리스트는 그 안에 이름을 올리지 못하는 아이들에게는 더 큰 스트레스였을 거다. 선생님들도 종종 이런 식의 표현을 썼으니까.

"넌 20등 안에도 못 드는 새끼가 어쩌고저쩌고⋯."

그렇게 아이들은 서열과 차별을 자연스럽게 익히며 자랐다. 물론 어른이 되고 사회에 나와 보면 성적이 전부가 아니라는 것도 알게 되고, 등수 매기기가 저열한 사고방식의 산물이라는 것도 알게 되지만, 어린 시절의 반복된 학습은 마치 본능과도 같아서 좀처럼 지워지지 않는다.

수십 년이 지난 지금도 등수 매기기는 거의 모든 분야에서 볼 수 있다. 학생들이 자주 들락거리는 인터넷 게시판에는 이를 테면 '서연고 서성한…' 이런 식으로 대학 서열을 매긴 표가 공공연하게 떠돈다. 심지어 스스로를 '지잡대'(지방의 이름 없는 잡 대학교) 출신이라고 자학하는 학생들도 많다. 1990년대 교사들이 전교 몇 등 안에 드는 학생과 못 드는 학생으로 구분을 짓던 논리와 전혀 달라진 게 없다.

학교만 그런가? 결혼시장도 마찬가지다. 결혼정보회사에서는 우리나라의 모든 직업에 등수를 매기고 각각의 등수에 가산점을 부여해 각 회원의 점수를 매긴다. 직업뿐 아니라 나이, 외모, 집안 등등 모든 것들이 서열화된다. 가장 신성해야 할 혼인의 영역이 가장 세속화되어 있다는 것이 슬프지만, 엄연한 현실이다.

남을 이겨야, 남보다 빨라야, 남보다 강해야 사냥감을 차지할 수 있었던 원시인들의 DNA가 남아 있어서일까. 서열과 숫자놀음은 우리 남자들에게 더 가혹하다. 어느 대학을 나왔는지, 수입이 얼마인지, 팀에서는 에이스인지, 남자들은 등수와 숫자로 평가당하는 경우가 많다. 앞에 얘기한 결혼정보회사의 회원 점수표도 남자들에게 더 철저하게 매겨진다.

솔직히 고백하자면, 나는 살아오는 내내 이런 숫자놀음을 즐겨왔다. 등수놀이의 앞자리에 속한다는 사실이 내게 매우 강렬한 세속적 쾌감을 선사했다. 우월감, 안도감, 자부심, 승리의 기쁨 등등 다양한 감정이 복합적으로 작용해 만드는 쾌감이었으리라.

아예 타고난 것들은 바꿀 수 없다. 그러나 나는 노력과 경쟁으로 바꿀 수 있는 것들은 최대한 1등으로 바꾸려고 애써왔다. 일류 대학교를 나와 남들이 선호하는 직장에 다니고 1등 신붓감과 결혼하고, 제일 비싼 동네에 살면서 고급차를 타는 식? 돌아보면, 대략 30대 중반까지 나는 정말 그렇게 피곤하게 살아왔다. 고등학교를 졸업한 지 십수 년이 지났는데도 학교 후문의 전교 등수 리스트에 갇혀 있었던 것이다.

이 시점에서 미리 주지하고 가련다. 등수에 얽매이는 삶은 허망하고 불행하니 우리 모두 마음을 비우고 내면으로부터 행복할 수 있는 삶을 살자, 이딴 식의 말을 하고 싶은 생각은 추호도 없다는 것을.

우리는 그렇게 살 수 없다. 먹는 게 힘든가, 안 먹는 게 힘든가? 욕심은 채우는 것만큼이나 참는 일이 더 힘들다. 그러니 마음을 비우라느니, 욕심을 버리라느니 하는 말은 참 무책임한 말이다.

대신 욕심을 잘 이용하는 편이 나을 것이다. 사람마다 정도의 차이는 있으니 자기가 감당할 정도의 욕심을 적절하게 부리면 된다. 좀 과하다 싶으면 덜어내고, 모자란다 싶으면 채우고. 도인이 아닌 다음에야, 욕심은 삶의 가장 큰 원동력 중 하나임이 분명하다. 욕심을 부끄러워하지 말자. 다만 지나친 욕심은 오히려 삶을 피폐하게 만든다는 사실 정도만 알아두자.

앞에서도 말했듯이 30대 중반까지 나는 숫자놀음에 자발적으로 휘둘리며 살아왔다. 창살 대신 숫자가 버티는 감옥에 갇혀 있었다고나 할까? 겨우 서른이 갓 넘은 나이에 난 참 가진 게 많았으며 더 많이 가지려고 애썼다. 어느 분야에서 등수를 매겨도 한참 앞이었지만 더 앞으로 가고 싶었다.

그러다가 일련의 선택으로 인해 내가 쥐고 있던 것들 대부분을 잃는 상황이 찾아왔다. 이혼을 하고 집에서 나왔다. 하필 그 직전에 면허정지 상태에서 차를 몰다 적발되어 2년 동안 면허가 취소되는 일까지 생겼다. 그 바람에 그 좋아하던 차까지 놓고, 정말 맨손으로 집에서 나와야 했다. 가족들의 신뢰도 바닥을 쳤다. 언제나 1등이던 큰아들을 자랑스러워하던 집안에서 최고의 골칫거리로 전락했다. 알코올중독으로 몸도 정신도 말이 아니었다. 전교 10등 안에 꼬박꼬박 들던 녀석이 졸지에 100등 밖으로 튕겨 나간 꼴이었다.

강남 아파트도, 벤츠도, 약사 와이프도 모두 잃고 혼자 싸구려 오피스텔을 얻은 첫날 밤. 가구라곤 하나도 없이 텅 빈 방. 침대 프레임도 없이 급히 사놓은 매트리스에 멍하니 누워 있었다. 내가 꼭

매트리스 같고 매트리스가 꼭 나 같았다. 그리고 패배감이나 상실감, 죄책감이 나를 잡아먹을 줄 알았는데…, 아니었다.

이상하게도 정신이 또렷해졌다. 캄캄한 어둠 속에서 나 홀로 빛이 나고 있는 기분이랄까. 비로소 등수와 숫자에서 해방된 내 존재를 오롯이 느낀 순간이었다. 두렵고 부끄럽고 외로웠지만, 자유로웠다.

나는 내 바닥을 봤다. 내가 얼마나 우유부단한지, 얼마나 무력한지, 얼마나 무책임한지, 얼마나 속물인지, 얼마나 이기적인지, 얼마나 겁이 많은지, 얼마나 약한지…. 가련하고 또 뻔뻔한 나 자신을 인정하고 동정하고, 또 안아주었다. 그리고 새로운 인생의 국면을 받아들였다.

그 뒤로 몇 년간은 숫자놀음에 연연하지 않고 살았다. 그럴 수밖에. 도저히 앞에 설 수도 없고 가진 것도 없으니. 그저 내가 해야 하는 일들, 또 내가 좋아하는 일들을 열심히 했다. 방송을 만들고 글을 썼다. 술 마시고 노래하고 춤을 추고, 날씨가 좋은 날에는 산책과 달리기도 즐겼다. 연애도 하고 파티도 즐겼다. 주말에는 아이를 만나 시간을 보냈다.

나는 가난했고, 나쁜 놈이었고, 여전히 집안의 골칫거리였지만…, 놀랍게도 꽤나 행복했다. 음악이 들리면 몸이 들썩이고 자전거 페달을 밟을 때면 콧노래가 나왔다. 세상의 서열에서 벗어나서도 행복할 수 있다는 사실을 절절하게 깨달은 것이다.

그렇게 몇 년이 흐른 뒤, 나는 잃었던 것들을 찾았다. 다시 예전의 삶으로 들어왔다. 그러자 기다렸다는 듯이 숫자들이 다시 내 주위를 둘러싸기 시작했다.

이를 테면, 이런 식이다. 생각만큼 빨리 오르지 않는 청취율 때문에 우울해하고, 매일 헬스클럽에서 몸무게를 확인하고, 포르쉐 파나메라와 마세라티 기블리 중에 어떤 차가 더 간지 날지 고민하고, 연재하고 있는 웹소설 순위를 매일 신경 쓰는 삶이 다시 시작된 것이다. 아내의 약국 매출이나 아들의 시험 점수 같은 새로운 숫자들도 등장했다!

그러나 예전처럼 갇혀 있는 기분은 들지 않는다. 예전에는 숫자들의 감옥에 갇혀 있었다면, 지금은 숫자들의 숲을 거니는 느낌이다. 나를 둘러싼 숫자들에 지나치게 신경이 쓰인다 싶으면, 싸구려 오피스텔에서 매일 밤 홀로 하늘을 대면하던 시절을 떠올린다. 별로 가진 것 없이, 1등도 2등도 아니었지만 그럭저럭 자유롭고 행복했던 그때를.

어느 부도덕한 소설가의 도덕론

도덕적인 삶을 살지만 주변 사람들과는 영 어울리지 못하는
비상식적인 사람도 있고, 실수로 법을 어기는 착한 사람들도 얼마든지 있다.
다만 잘못에 대한 진심 어린 사과는 있어야 한다.

나는 그다지 도덕적인 인간이 아니었다. 지금도 그렇다. 앞으로도 그럴 것 같다.

어릴 때부터 부도덕한 삶을 살려고 노력한 건 아니다. 오히려 반대다. 착하게 살고 싶었지만 호기심과 욕망이 자꾸만 나를 꾀었다. 심지어 우리 아버지는 내가 지금까지 사회에서 만난 그 어떤 사람보다 더 도덕적인 분이신데! 형제들도 나와 비교할 수 없이 반듯하고. 우리 집안의 온갖 부도덕함은 내가 다 떠맡은 것 같아, 가끔은 다행이라는 생각마저 든다.

그럴듯한 변명거리를 찾아내기도 했다. 우리가 얽매인 도덕과 윤리라는 것이 역사의 흐름에 따라 바뀐다는 사실에 주목했다. 시대가 변하면 도덕도 변한다. 어느 시대에는 악습이었던 것이 미덕이 되기도 하고 우리 시대의 미덕이 다른 시대에서는 손가락질당하는 일인 경우도 있다. 어차피 나는 지금 현재의 사회를 살면서도, 시대에 따라 변하는 도덕률에 매이기는 싫다며 스스로를 변호했다. 하여튼, 이토록 부도덕한 내가 도덕에 대한 글을 쓰는 것 자체가 아이러니하지만 그래서 더 잘 쓸 수 있을 것 같기도 하다.

먼저 우리가 종종 혼동하는 세 가지 개념을 짚고 넘어가자. 도덕, 상식, 법. 이 세 가지 개념이 어떻게 다른지 불륜을 예로 들어보겠다. 기혼자가 배우자 외에 다른 이성과 연애를 하면 비난을 받는다. 도덕에 반하는 것이다. 그런데 불륜의 대상이 자기 배우자보다 더 못생기고 나이도 많고 성격도 좋지 않은 사람이라면 사람들이 고개를 갸웃한다. 상식에 반하는 것이다. 그런데 그 여자와 다투다가 폭력을 행사하면 고소를 당할 수도 있다. 법을 어기는 것이다.

도덕과 상식과 법은 교집합을 이룰 때도 있지만 서로 상반되기도 한다. 이타적인 행위는 명백히 도덕적이지만, 어렵게 사는 사람이 갑자기 전 재산을 기부해버리는 건 가족들 입장에서는 비상식적인 일일 수 있다. 판사의 양형기준이 국민의 법상식과 어긋나는 경우도 비일비재하다. 파렴치한이 법망을 교묘히 피해 아무 처벌도 받지 않고 사는 경우도 많다.

이런 정의로 나누어 자신을 돌아보면 스스로가 어떤 종류의 인간인지 가늠할 수 있다. 도덕적이면서 상식적이고 법도 잘 지키는 사람도 있을 거고, 부도덕하지만 상식선에서 벗어나지 않고 법을 잘 지키는 사람도 있을 거다. 도덕적인 삶을 살지만 주변 사람들과는 영 어울리지 못하는 비상식적인 사람도 있고, 비록 실수로 법을 어기거나 몰라서 범법행위를 했지만 무척이나 착한 사람들도 얼마든지 있다. 내 자신을 돌아보면, 도덕지수가 100점 만점에 30점, 상식지수는 50점, 준법지수는 80점쯤 되는 것 같다. 교통법규만 아니면 준법지수는 100점도 받을 텐데.

각 직업에 따른 도덕과 상식, 관련 법도 존재한다. 보통 직업윤리라고 뭉뚱그려서 얘기하는 부분이다. PD를 예로 들면 이런 식이다. 뇌물을 받는 건 불법이고 스태프들에게 폭언을 일삼으면 도덕성을 의심받는다. 어이없는 프로그램을 만들면 비상식적인 놈이라고 손가락질 당한다.

그렇다면 소설가에게도 직업윤리가 있을까? 그저 글을 쓰는 게 일인데 무슨 직업윤리가 필요할까 싶기도 하다. 재미없는 소설을 쓰는 것보다 더 부도덕한 일은 없다는 말을 들어본 것도 같다. 그러나 딱 한 가지, 표절만큼은 작가에게 있어 부도덕하며 비상식적이며 불법이기까지 한 일이다. 표절에 관해 깊은 생각을 하게 만들었던 일화가 있어 소개하고자 한다.

작년 이맘때 무척 인상적인 광고가 화제를 모은 적이 있다. 카피 문구도 크게 유행했고. 광고 속 상황은 이렇다.

신용카드로 결제하려는 손님(유해진 분) 앞에서 점원이 연이어

묻는다.

"할인되는 카드 있으세요? 마일리지 카드 있으세요? 통신사 카드 있으세요? 멤버십 카드 있으세요? 엄마 카드 있으세요? 아빠 카드 있으세요?"

그러자 유해진의 망연자실한 표정 위로 속마음이 읽힌다.

"아무것도 안 하고 싶다. 이미 아무것도 안 하고 있지만 더 격렬하게 아무것도 안 하고 싶다."

방송사 PD가 되기 전에 광고대행사의 카피라이터로 일한 적이 있어서, 광고도 꽤나 유심히 보는 편인데, 이토록 마음에 쏙 드는 광고는 참 오랜만이었다.

이 광고가 파고든 지점은 카드 할인혜택의 종류가 지나치게 많고 복잡하다는 점이다. 그러면서 이 카드 하나면 수많은 할인혜택을 쉽게 누릴 수 있다는 메시지를 전한다. 하긴, 영화표 하나에도 적용되는 카드 혜택이 뭐가 그리 복잡한지, 그냥 다 안 하고 싶다는 유해진의 독백에 적지 않은 사람들이 공감했으리라.

여기서 그치지 않고 조금 더 의미를 확장해보면, 이 광고는 현대사회의 부조리 중 하나와 맞닿아 있다. 편리하자고 만들어낸 시스템이 너무 과해져 오히려 불편해져버린 상황. 작은 편리함을 누리기 위해 너무나도 번거로운 과정을 견뎌내야 하는 경험, 다들 많지 않은가? 유해진의 대사는 이런 부조리함을 역시 부조리한 문장 (아무것도 하지 않는 것보다 더 아무것도 하지 않겠다는 것은 0보다 더 0인 숫자처럼 모순이므로)을 통해 꼬집고 있다 하겠다.

이 광고를 통해 내가 정말 하고 싶은 얘기는 여기서부터다. 사실 이 광고의 카피 문구는 이미 조석 작가의 웹툰에 등장한 적이 있다. 웹툰 〈마음의 소리〉 871화 '안 해' 편을 보면 이런 대사가 나온다.

"사실 별로 하는 거 없지만 오늘은 더 적극적으로 안 할 거야."

그렇다면 광고 카피가 표절? 아니면 조석 작가에게 양해를 구하거나 돈을 지불했나? 우연찮게 이 광고를 제작한 광고대행사 홍보팀과 직접 얘기할 기회가 있어서 전해 들은 자초지종은 다음과 같다. 사실 이 대사는 웹툰에 쓰이기 전부터 이미 인터넷에 꽤 퍼져 있었던 글이었다. 광고제작팀에서 그 사실을 알고는 최초로 글을 쓴 사람을 수소문했으나 결국 찾지 못했고, 저작권 전문 변호사까지 동원해 법적으로 문제가 없음을 확인한 뒤 광고를 제작했다고 한다.

인터넷에 떠돌아다니는 작자 미상의 글 한 줄까지 이렇게 조심해서 다뤘다는 점에 주목하자. 남의 저작물을 갖다 쓸 때의 모범 사례라고나 할까. 과정도 결과도 박수 받을 만하다.

한편 작년에 문화계를 떠들썩하게 만들었던 신경숙 소설가의 표절 파문은 이와 대조적이다. 다들 아시는 대로 신경숙 작가는 단편소설 〈전설〉에서 미시마 유키오의 단편소설 〈우국〉을 표절했다. 표절임을 단정적으로 말하는 대가로 뭘 걸겠냐고? 등단한 지 20년이 가까이 된, 20여 권의 소설책을 출판한 소설가로서의 내 명예를 걸겠다.

나의 확신과 달리 그녀는 스스로 표절했음을 인정한 적이 없고, 다만 오랜 필사 습관으로 미시마 유키오의 작품이 그녀의 의식 속에 스며들었을지도 모르겠다는 애매한 입장을 밝혔다. 자신의 기억도 믿지 못하게 되어버렸다는, 정치인 같은 수사를 구사하면서. 정말 그녀의 말처럼 '나도 모르게' 표절할 수 있을까?

예를 들어보자. 소설이란 수많은 문장으로 이루어지는데 그 안에 다양한 문학적 표현이 등장한다. '바위처럼 단단해 보였다'는 식의 일상적인 비유도 쓸 수 있지만 작가들은 되도록 자기만의 독창적인 표현을 만들기 위해 노력한다. 나 역시 소설가로서 독창적으로 만들어낸 표현들이 몇 가지 있다.

'악착같은 성욕이 밤새 나를 쫓았다.'

나 말고 다른 작가가 쓴 소설에서 이런 표현을 본 적 있나? 성욕이 악착같다는 표현은 내가 만들어낸 표현이다. 그러나 혹 다른 작가가 이 표현을 쓴다 해도 나는 쉽게 표절했다고 말하지는 못하겠다. 독창적 표현 하나 정도는 충분히 겹칠 수 있기 때문이다. 게다가 그런 표현 하나쯤은 자신이 기억도 못 하는 사이 마치 원래부터 내 것이었던 양 머릿속 창고에 넣어둘 수도 있다.

표절을 이해할 수 있는 지점은 딱 거기까지다. 이는 표절 의혹이 시작되는 지점이기도 하다. 독창적인(문학적인) 표현이 여러 번 겹치면 비슷한 표현의 수에 비례하여 의혹은 짙어지는 법. 그리고 대부분의 표절 시비는 표절을 의심하는 쪽에서 근거를 제시하고 대중이 각자 판단하는 식으로 진행된다.

이 글을 읽는 당신의 표절 기준은 어떤가? 내 기준을 굳이 수식으로 얘기하자면, 독창적인 표현 하나가 겹칠 때마다 표절 의혹이 10퍼센트에서 곱절로 늘어난다고 하겠다. 두 군데라면 20퍼센트, 세 군데라면 40퍼센트가 되는 셈. 작년에 문제가 된 〈전설〉과 〈우국〉에서 유사하게 겹치는 독창적 표현은 내 눈에는 모두 네 군데다. 계산하면 80퍼센트. 내 확신의 정도가 딱 80퍼센트쯤 되나 보다.

표절을 일컬어 영혼의 도둑질이라고 한다. 이 도둑질을 재판할 판사들은 법관들도 문학평론가들도 유수의 출판사 편집자들도 아닌 독자들이다. 위에서 내가 우스꽝스러운 수식을 예로 든 것도 이 말을 하기 위해서다. 아, 합당한 형량을 정하는 일 역시 독자들의 몫임은 물론이다.

나를 포함한 소설가들은 독자들의 판단을 따를 수밖에. 그것이 수백 년 동안 작가와 독자 사이에 암묵적으로 지켜져온 법이다. 나 이재익도, 신경숙도 피할 수는 없는 법.

이쯤에서 헷갈리기 쉬운 표절, 패러디, 오마주를 구별하는 방법을 소개하겠다. 원본을 알면 재미있는 것이 패러디. 원본을 알아줬으면 하는 것이 오마주. 원본을 감추고 싶은 것이 표절이란다. 표절 행위는 대중들이 심판관이 되어 합당한 대가를 치르도록 해야 한다. 반드시. 실수로 인한 무단도용이나 무의식중에 저지른 표절이라 해도 최소한 진심 어린 사과는 있어야 한다. 도둑질을 하고도 벌을 안 받고 사과도 안 하고 넘어갈 수 있다면 결국 이런 생각이 들 수밖에 없지 않겠는가?

베끼고 싶다. 이미 베끼고 있지만 더 격렬하게 베끼고 싶다.

행복은 선율 사이에
숨어 있다

의식주만으로는 채워지지 않는 또 다른 영역의 행복.
생의 빛나는 순간, 늘 음악이 있다.

가끔 당연한 것들을 잊을 때가 있다. 연애감정, 가족의 가치, 건강의 소중함 등등. 행복해지는 방법을 잊기도 한다. 바쁘게 살다 보면 도무지 어떻게 해야 행복해지는지를 잊어버릴 때가 있다. 우리가 이미 아는 길인데도 갑자기 입구를 까먹은 것이다. 그럴 때 길을 찾는 가장 좋은 방법은 가만히 눈을 감고 돌아보는 것이다. '내가 어디로 걸어갔더라?'

살아오면서 정말로 행복했던 순간들을 꼽아보라. 그러면 그 순간들마다 자주 등장하는 요소들이 발견된다. 그것들이 행복의 조건이라고 할 수 있다. 내 경우 생의 빛나는 순간에 늘 음악이 있었다. 그녀를 처음 만났던 순간 귀를 울리던 하드록, 스포츠카를 타고 해변으로 떠날 때 흥분을 고조시키던 헤비메탈, 로맨틱한 순간에 흐르던 눈물겨운 멜로디, 눈부신 여름 한강수영장에 출렁거리던 빅뱅의 노래, 술과 여자로 넘쳐나는 파티에 빠질 수 없는 EDM, 심지어 아이와의 추억에서도 음악은 빠지지 않고 등장한다.

예술의 효용 중 하나가 바로 이것이다. 의식주만으로는 채워지지 않는 또 다른 영역의 행복. 책도 좋아하고 영화도 좋아하지만, 어떤 소설과 영화도 음악보다 더 나를 행복하게 만들어주지는 못했다. 군대 훈련소에 갔을 때는 술과 담배로 인한 금단현상보다 음악을 듣지 못하는 갈증이 더 컸다. 고백하건데, 나는 로커가 되지 못해 소설가가 되었다. 라디오 PD라는 직업을 선택한 것도 음악 때문이다.

그렇게 라디오 PD가 되고 나니 너무나도 큰 선물을 받았다. 가요에 눈을 뜨게 된 것이다. 그전까지는 가요는 안 듣고 팝송만 들었다. 특히 록과 힙합에 편중해서. 그런데 직업상 다양한 음악을 선곡해야 하다 보니 가요를 비롯한 모든 장르의 음악을 듣게 된 것이다. 산울림이 비틀즈만큼 좋아지고 김현식의 노래를 듣다가 눈물이 흐르는 경험도 했다. PD 생활을 오래하다 보니 아이돌 노래와 트로트까지도 섭렵하게 되었다.

나는 직업 덕분인지 뒤늦게 새로운 음악에 계속 귀를 기울이지만, 학창 시절에 그렇게 음악을 좋아하던 사람들도 나이가 들면서 점점 무심해지는 경우가 많다. 특히 남자들이 그렇다. 노래와 춤을 사랑하는 성인 남자는 쉽게 찾기 힘들다. 뒤집어 말하면 노래와 춤은 '청춘의 감각'과 연결되어 있다는 뜻. 그리고 춤과 노래를 사랑하는 남자는 여자들에게 인기가 많을 확률도 크다는 경험적 진실은, 여담으로 붙이겠다.

아재들이여, 기억하는가? 메탈리카 형님들의 노래를 들으며 목이 부러져라 헤드뱅잉을 하던 순간들을. 국내에 발매되지 않는 앨범을 구하려고 빽판(해적판)을 찾아 뒷골목을 누비던 시절을. 라디오에서 신청곡이 나오면 마구 기뻐하면서 스스로도 인지하지 못하고 있던 소녀적 감성에 흠칫 놀라던, 그 눈부신 추억을 기억하는가?

나이가 들고 마음이 딱딱해져서 요즘 음악이 잘 안 들어온다면, 그 시절 추억의 음악을 한번 들어보는 것도 다시 음악에 취미를 붙이기 위한 좋은 방법이다. 유치찬란한 헤비메탈도 좋고, 이문세나 유재하의 노래도 좋다. 김완선이나 강수지 같은 당대의 하이틴 핀업 스타의 노래를 다시 들어봐도 재미있을 듯하다.

명색이 라디오 PD이니, 음악을 소개해드리는 게 응당 도리인 듯싶다. 여기에서는 되도록 많이 알려져 있지 않은, 내가 아껴 듣는 보물 같은 음악을 독자님께 들려드리겠다. 사실 이 테마만으로도 책 한 권은 쓸 수 있을 것 같지만, 분야를 가요로 한정해서 맛보기로 골라본다.

반도네온 연주자 '고상지'

고상지의 이력은 무척 독특하다. 대학에 다닐 때까지만 해도 그녀는 탱고를 몰랐다. 어릴 때 수학 천재라는 소리를 곧잘 듣던 카이스트 학생이었을 뿐. 그런데 반도네온이라는 악기를 선물 받은 뒤로 탱고음악에 푹 빠져 결국 일본과 아르헨티나까지 직접 가서 탱고음악의 거장들을 사사하는 열정을 불태운다. 그리고 하림과 김동률 등의 가수들 공연에 연주자로 참여하면서 국내 음악팬들에게 얼굴을 알리기 시작했다.

그녀의 첫 정규 앨범을 들은 느낌은 이국의 음식이 입에 너무 잘 맞아서 놀랐을 때와 비슷했다. 분명히 탱고인데 흔하게 들어왔던 음악처럼 귀에 잘 스몄다. 함께 어우러지는 피아노와 기타 선율도 조화롭다. 꼭 영화음악처럼 들리는 곡들이 몇 개 있는데 이유를 물어보니 애니메이션 마니아인 터라 영상에 자극받아 쓴 곡들이 많단다. 그녀의 음악 중 〈출격〉과 〈Ataque〉라는 노래를 추천한다. 악기의 음색은 쓸쓸한데 리듬은 흥거운 것이 참 얄궂게도 매력적이다.

방송국 PD의 몇 안 되는 특권 중 하나를 이용해 그녀를 프로그램에 섭외했고 직접 만났다. 상당히 긴 시간 이야기를 나누고 코앞에서 연주를 지켜보는 영광을 누렸는데 참 오래도록 여운이 남더라. 음악뿐 아니라 그녀가 했던 말도 자꾸 귀에 맴돌았다.

"탱고, 와인, 사랑은 삼위일체죠."

사실 그녀는 사랑이 아니라 '여자'라고 말했으나 남녀평등 강박증이 있는 내가 임의로 표현을 대체했다. 어쨌든 그녀의 삼위일체론은 무척이나 그럴듯하고 낭만적으로 들린다.

우리 시대의 소중한 괴짜 뮤지션 '김반장'

김반장. 그리고 그의 밴드 윈디시티. 특이하게도 드럼을 치면서 노래를 하는 김반장은 언니네이발관의 드러머로 활동을 시작해서 2003년 아소토 유니온이라는 팀의 리더로 얼굴을 알렸다. 그리고 나에게 우리나라 최고의 밴드를 꼽으라면 반드시 내 열손가락 안에 꼽힐 윈디시티를 탄생시켰다.

윈디시티의 데뷔 앨범은 명반이라고 할 만한데, 김반장이 예전부터 추구하던 흑인음악에 레게의 양념을 듬뿍 쳤는데 그 맛이 기가 막히다. 〈러브 수프림〉이나 〈엘니노 프로디고〉를 들어보라. 달콤하고, 신이 난다.

그는 정릉 산기슭의 작은 마을에 산다. 산의 개울에서 목욕을 하고 동네 할아버지들과 산에 올라가서 막걸리를 마시며 어울린단다. 돈이 없으면 없는 대로 사는데, 옷을 얻어 입기도 하고 여행을 다닐 때면 노숙도 마다하지 않는다고! 그는 자본주의의 엄숙한 질서를 온몸으로 비웃으며 사는, 이 시대의 진정한 히피라 할 만하다. 사회 시스템에 대한 의식적인 저항이나 화제를 끌기 위한 쇼가 아니기에 그의 삶은 나에게 일종의 깨달음이었다.

더 사랑합시다. 함께 노래합시다. 랄랄라.

진짜를 노래하는 '3호선 버터플라이', 그중에서도 '남상아'

남상아는 개인적으로도 묘한 인연으로 얽혀 있다. 오래전, 내 등단작이기도 한 장편소설 《질주질주질주》가 영화 〈질주〉로 만들어지면서 나는 감독님과 함께 합숙을 하면서 시나리오를 썼다. 원작 소설에서도, 영화에서도 여주인공은 인디밴드 로커였다.

어느 날 감독님이 허클베리 핀 1집을 들고 오더니 여주인공으로 남상아를 추천했다. 나는 처음부터 반대했다. 내가 그린 여주인공은 야성미와 섹시함이 넘치는 글래머러스한 이미지였는데 남상아의 비주얼은 음…, 상당히 중성적이고 어두웠다. 남자 캐스팅을 당대의 꽃미남 스타들로 하는 대신 여주인공만큼은 '진짜' 인디로커로 하고 싶다는 감독님의 의견에 물러서긴 했지만, 촬영 내내 나는 여주인공 캐스팅이 불만이었다.

지금에야 고백하건데 나는 그녀가 '진짜'라는 사실을 질투했다. 나보다 두 살이 많은 그녀는 하필 나와 같은 대학교의 학생이었고 하필 그때 나도 록밴드 활동을 하고 있었다. 록밴드라고 말하기도 창피하다. 나는 그저 겉멋에 음악을 했다. 무명의 인디로커 남상아는 나를 부끄럽게 만들었다. 한눈에 그녀가 '진짜'라는 사실을 알아차렸으니까. 동시에 내가 가짜라는, 애써 외면하던 사실을 직면하는 순간이기도 했다.

무엇이 진짜이고 무엇이 가짜인가? 그 경계는 고민의 깊이에 있다. 자아와 세상에 관한 그녀의 고민은 처절하도록 깊었다. 나는 고민하는 척만 했다. 괴로운 척, 혼란스러운 척, 분노한 척. 진짜 로커인 그녀를 만난 후 나는 더 이상 기타를 잡지 않았다. 더 이상 고민하는 척하는 소설을 쓰지 않았다. 그 뒤로 내가 계속 영화 시나리오와 소설을 쓰고 방송국 PD가 되어 팔자 좋게 사는 동안 그녀는 무려 20년의 세월을 록음악에 바쳤다.

섹시하지 않다는 이유로 그녀의 캐스팅을 반대했던 나는 이제 와서야 그녀에게 말하고 싶다. "누나, 섹시해요."

추천곡은 허클베리 핀의 〈불을 지르는 아이〉, 3호선 버터플라이의 〈안녕 나의 눈부신 비행기〉.

청춘의 로큰롤 '제8극장'

하도 이 밴드를 여기저기에서 추천한 덕에 친척이 아니냐는 질문까지 받았는데, 아니다. 내가 한때 살고 싶었던 로큰롤 밴드의 삶을 씩씩하게 살고 있는 그들이 부럽고 예쁠 뿐이다. 더 이상 오해를 사지 않기 위해 추천글도 여기까지만. 일단 입문곡으로, 호쾌한 로큰롤 넘버들 속에 숨어 있는 귀여운 러브송 〈넌 뭐라 할래〉를 들어보시라.

난데없이 튀어나온 블루스 여전사들, '빌리카터'

노래하는 김지원과 기타 치는 김진아, 두 명의 여성뮤지션과 드러머 이현준이 만난 팀 빌리카터. 그들의 음악은 뭐라고 간단히 정의하기가 어렵다. 록, 로커빌리, 블루스, 펑크 등등 다양한 장르가 뒤섞여 있다. 악기 편성도 대담하게 베이스 없이 드럼과 기타뿐이다. 이토록 독창적인 음악은 참으로 오랜만인데, 이들의 자신만만함은 그룹명을 짓게 된 이야기에서부터 엿보인다. 이름만 들어서는 도대체 무슨 음악인지 예상할 수 없게 하고 싶어서, 미국의 평범한 시골아저씨 이름 같은 팀명을 붙였단다.

좋은 식사가 그러하듯, 빌리카터의 음악은 듣는 이가 다양한 감정을 흡수도록 해준다. 표현력이 좋다 못해 소름까지 돋게 만드는 김지원의 보컬은 종종 각성의 효과를 내고 때론 술을 마시고 싶게 만들고 불쑥 리비도를 뒤흔들기도 한다. 작곡과 기타를 맡은 김진아의 실력도 만만치 않다. 음악만 들어서는 절대로 여자가 작곡한 노래, 여자가 연주한 기타라고 생각할 수 없다. 이들은 정말 겁도 없이 잘도 논다.

똑같은 디자인에 빨간색, 노란색으로 색깔만 다른 두 개의 앨범에는 각각 다섯 곡과 여섯 곡의 노래가 실려 있다. 1집은 묵직한 일렉트릭 기타 소리와 헤비한 드럼 플레이가 가득하고, 2집은 어쿠스틱의 산뜻함과 여유로움이 있다. 개인적 취향으로는 1집이 더 좋지만 2집 역시 사랑스럽다. 11곡의 멋진 노래들 중 뭘 추천해야 할까…. 겨우겨우 몇 곡을 골라본다. 1집에서는 〈침묵〉, 〈You go home〉, 2집에서는 〈I don't care〉.

분노를 신나게 노래하는 '이스턴 사이드킥'

매일 방송국 책상에 쌓이는 CD들 중에서 이들의 2집 앨범을 집어든 데에는 재킷 그림의 힘이 컸다. 강렬한 색으로 그려낸, 잔뜩 화가 나 있는 사내의 얼굴이 말하는 듯했다.

고한결(기타), 박근창(드럼), 오주환(보컬), 배상환(베이스), 류인혁(기타). 다섯 사내의 데뷔 앨범은 서툰 구석이 많았다. 의욕은 넘치는데 경험이 부족해 주먹만 휘두르는 신인 권투선수 같다고나 할까. 잘하는데 듣는 이를 녹다운시키기에는 펀치가 약했다. 그런데 불과 3년 만에 그들은 핵주먹을 장착하고 링 위에 섰고 15년 차 PD인 나를 녹다운시켰다.

2집 앨범의 〈장사〉라는 노래를 들어보자. 이 곡은 일상의 분노를 적나라하게 노래한다.

"장사는 망해간다. 내가 팔이요 발이요 다리요 버둥대는 밤이요. 사는 게 망해간다. 계속 걸어도 무릎은 나가고 기름값은 오르

네. 도시들은 앞을 보고, 우리들은 너를 보고, 내 식구는 나를 보고, 엉엉엉 우네.”

강렬한 록사운드에 실린 노랫말은 장사와 하등 관계가 없는 나에게까지 망한 자영업자의 처절한 심정을 심어놓았다. 분노를 전이시키는 방식도 멋지다. 설교도 하지 않고 혁명가인 척도 하지 않고, 그저 신나게 노래할 뿐이다. 듣고 있노라면 이상하리만치 흥분될 뿐. 그래, 이 노래는 굿판이다. 시대의 분노를 징과 꽹과리 삼아 신나게 놀아보는 굿판.

요즘 가요계에는 분노의 감정을 노래하는 가수가 별로 없다. 이유는 모르겠으나 7, 80년대 포크록 이후 꾸준히 이어져오던 분노의 목소리가 언제부터인가 뚝 끊겼다. 다들 사랑타령이다. 록그룹들도 마찬가지. 난해한 정신세계를 노래할지언정 시대의 분노를 제대로 노래하진 않는다. 그래서 이스턴 사이드킥의 음악, 특히 2집 앨범, 그중에서도 〈장사〉는 소중하다.

여기까지만 쓰면 이들이 무슨 선동 밴드처럼 보이지만 그렇지 않은 노래들도 많다. 한 곡 더 추천하면 역시 도시적 감수성 충만한 〈88〉.

소년에게 음란함을 허하라 ‘음란소년’

아티스트의 이름은 과격하나 음악의 결은 극도로 부드럽고 감상적이다. 하지만 가사 내용만큼은 이름 못지않다. 2012년에 발표한 1집 앨범의 수록곡들을 보자. 첫 번째 곡의 제목은 〈오빠는 이러려고 너 만나는 거야〉. 헉. 중간에 이런 노래 제목도 있다. 〈사랑은 보수 섹스는 진보〉. 큭큭큭.

음란소년의 노래를 들으면 민망하다기보다 미소가 지어진다. 내가 음란해서인가 싶어 주변 사람들에게 반응을 물어봤더니 다들 비슷한 반응이다. 귀엽다고. 재치만점이라고. 그러나 가요심의의 엄격한 규정이 이런 재치를 받아줄 리 만무하기에 1집 앨범의 절반이 방송불가 판정을 받았다. 절반이 통과한 게 어디냐고 놀라는 사람들도 있겠지만, 나는 안타깝다.

특히 〈사랑은 보수 섹스는 진보〉를 자꾸 듣고 있노라면 새누리당 지지자와 더민주당 지지자도 서로 사랑에 빠져 침대로 갈 수 있을 것만 같은 생각이 든다. 그야말로 조영남의 〈화개장터〉 이후로 국민대통합의 가능성을 보여주는 노래다, 라고 한다면 나도 재치만점?

시간이 지나면서 그는 더욱 음란해지지는 않았지만(시작할 때부터 이보다 음란할 수 없었으니) 목소리는 여전히 달콤하고 멜로디는 더욱 풍부해졌다. 2014년에 발표한 미니 앨범 〈입으로 해줘요〉에서는 안타깝게도 딱 한 곡 〈잠시도 빼기 싫어〉만이 방송심의를 통과했다. 그러나 성인들을 위한 내 추천곡은 타이틀곡 〈입으로 해줘요〉다. 오직 어쿠스틱 기타 반주와 소년의 목소리로만 이루어진 이 노래는 뭐라 설명할 수 없는 감정을 자극한다. 가사 소개는 생략. 에헴.

음란함이 넘치는 사회도 위험하지만 음란함조차 허락하지 못하는 사회는 더 위험하다. 좀 딱딱하게 말하자면, 법이 허용하는 기준 안에서 아티스트들은 충분히 음란해질 수 있으며 권위와 신성함을 비틀 자유도 있다. 마찬가지로 그런 아티스트들의 글과 노래가 불편한 사람들은 창작자를 욕하고 혼낼 자유가 있다. 이 글에 대해서도 마찬가지다.

다만, 저를 혼내려거든 주먹은 넣어두세요. 입으로 해줘요.

우리 인생에서 특별활동은 매우 중요하다

특별활동

**어린 시절부터의 취미를 부끄러워하지 말기를.
본인이 좋다면 이구아나가 아니라 개미핥기도 키울 일이다.**

취미는 어릴 때부터 이어지는 경우가 많은데, 일부러 나이에 맞게 취미를 개발하려는 사람들이 있다. 유행하는 취미를 따라하는 사람들도 봤다. 마흔이 넘으면 골프를 치고, 쉰이 넘으면 등산을 해야 한다? 와인이 유행이라니 와인을 좋아하지도 않으면서 와인 동호회에 가입한다? 안타까운 일이다.

요즘은 학교에서 교과목 공부 외에도 수행평가라는 이름으로 다양한 활동을 반강제적으로 한다고 들었다. 그러나 내가 중고등학교를 다니던 시절의 특별활동이란 대부분 그냥 시간 때우기에 불과했다. 나 역시 매주 있었던 특별활동 시간에 뭘 했는지 도통 떠오르지 않는다. 다만 중고등학교 6년을 합쳐 했던 딱 두 가지 특별활동은 절대 잊을 수 없다. 정말 특별한 특별활동이었으니, 리쓴.

이 추억담은 한 장의 상장으로부터 시작된다. 사람에 따라 다르지만 난 과거의 것들을 모아놓는 편이 아니다. 안 입는 옷, 안 신는 신발 등등에 대한 미련이 '1'도 없다. 학창 시절에 받은 상장도 마찬가지. 이사를 하거나 집 정리를 하면서 눈에 띄는 대로 버리는 경우가 많은데, 최근에 책장을 정리하다가 몹시 수상해 보이는 상장을 발견했다. '보이스카우트 우수활동상.' 선명한 내 이름 석 자와 고등학교 3학년 때 날짜가 적힌 상장을 보며 잠시 멍하게 있었다.

'왓 더…. 나는 보이스카우트를 한 적이 없는데?'

3초 후, 나는 수상한 상장의 정체를 깨달았다. 이 이야기는 고등학교 3학년이 되자마자 터졌던 불의의 사고로 거슬러 올라간다. 그날은 야간자율학습을 하다 말고 친구들과 나가서 술을 마셨다. 장소는 압구정역 투다리. 다시 학교로 돌아와야 했기에 레몬 소주 몇 잔만 마시고 올 계획이었으나 자고로 청소년들의 계획이라는 건 틀어지기 마련이다.

"야 씨발. 하나도 안 취했어. 더 마셔!"

다들 과음을 했고 술에 취해 자율학습실로 돌아왔다. 하필 그날따라 늦은 밤에 학교에 들른 교장 선생님과 딱 마주쳤고, 우리는 도주 끝에 붙잡혀 교장실로 끌려갔다. 그리고 신나게 맞았는데, 가뜩이나 속이 울렁거렸는데 머리까지 흔들리자 교장실에 토를 하고 말았다.

그 일로 정학을 당했다. 잘못을 했으니 벌을 받는 건 당연한 일. 그런데 부모님과 담임 선생님의 고민은 다른 곳에 있었다. 정학을 당하면 벌점을 받는데 그러면 대학 진학에 문제가 생기는 것이다. 나는 어쩔 수 없다고 생각했지만 늘 그렇듯 어른들은 어쩔 수 없는 것도 어찌하게 만드는 꼼수를 잘 부린다. 아들을 좋은 대학에 보내고 싶은 부모님의 욕망과 자기 반에서 서울대 합격생 수를 늘리고 싶은 고3 담임의 욕망은 정확히 일치했다.

그리고 두둥. 그들은 나하고는 상의도 없이 나를 보이스카우트로 만들었다. 자세한 경위는 모르겠으나, 고등학교 내내 단 한 번도 보이스카우트 단복을 입어본 적이 없는 나는 몇 달 뒤 보이스카우트 우수활동상을 받게 되었다. 그 상으로 얻은 점수가 정학으로 인한 벌점을 상쇄시킨 것이다.

얼떨떨하긴 했지만, 이 부조리한 처사에 관심을 둘 여유가 없었다. 그즈음 방황하는 나를 보다 못한 어느 착한 여학생이 나타났고, 나는 그녀와의 달콤한 연애에 빠져 있었으니까. 꼼수까지 써가며 나에게 가산점을 주신 부모님과 선생님들께는 죄송하지만, 실상 나를 바로잡고 공부하게 만든 힘은 보이스카우트 상장이 아니라 여자친구의 위로와 입맞춤이었다. 질풍노도의 시절 구세주처럼 내 앞에 나타난 그녀는 항상 따뜻하고 친절했다.

"재익아. 우리 조금만 더 힘내자. 넌 할 수 있어."

"모르겠어. 내가 정말 잘할 수 있을까?"

"당연하지! 내가 도와줄게."

"정말?"

"응."

"그럼…, 가슴 만져도 돼?"

"하아…. 넌 어쩜 맨날 그런 얘기만. 알았어."

늦은 밤 어둠에 잠긴 학교 운동장 등나무 벤치에서 그녀와 나눈 키스와 속삭임은 팍팍한 고3 시절을 버티게 해준 힘이었다. 다행히도 우리는 서로가 목표하던 학교에 나란히 입학했다. 결과적으로 서울대에 합격하면서 부모님과 담임 선생님 양쪽 모두 뿌듯해했다. 잘은 모르겠지만, 보이스카우트 상장은 신의 한 수였다며 속으로 쾌재를 부르시지 않았을까? 하이파이브라도 하셨으려나?

여기서 또 반전이 있는데…. 대학에 들어가자마자 나는 클럽에 들락거리느라 그녀에게 이별을 통보했다. 그렇게 착한 여자친구에게. 나는 아무리 생각해도 진짜 쓰레기였다. 아휴. 아무리 생각해봐도 보이스카우트 상을 받을 자격이 없다.

해보지도 않고 우수상을 받았던 보이스카우트보다는 낫지만, 역시 몹시 부자연스러운 특별활동의 기억을 한 가지 더 떠올려본다.

시간을 좀 더 거슬러 올라가 중학교 3학년 때. 내가 다녔던 중학교는 국제아트캠프라는 행사에 참여했다. 국제아트캠프는 세계 각국의 청소년들이 모여 그 나라만의 개성 있는 예술 퍼포먼스를 선보이는 행사였다. 학교에서 대표로 몇 명의 학생들을 보내야 했다. 매년 개최지가 달라지는데 그해는 일본이었다.

행사의 특성상 당연히 예술적 재능이 뛰어난 학생들을 선발해서 보내야 했지만, 우리 학교에서는 일찌감치 학생 대표단을 정해놓았다. 전교학생회장인 나 그리고 부회장, 육성회장 아들, 마지막으로 어머니회 회장 아들. 헐! 예술과는 아무 상관도 없는 네 명의 학생이 졸지에 아트캠프에 참여하게 된 것이다. 그래도 나는 피아노라도 조금 쳤지, 심지어 어머니회 회장 아들 녀석은 예술에 대해 아는 거라고는 영어로 'art'라고 쓴다는 것 정도밖에 없는 빙상부였다!

어쨌든, 대한민국을 대표하는 예술 특기생들로 둔갑한 우리들은 그런 척이라도 해야 했다. 학교에서 정한 공연 내용은 사물놀이. 우리 넷은 각각 악기를 하나씩 맡았다. 육성회장 아들은 북, 어머니회 회장 아들은 징, 전교 부회장은 꽹과리, 나는 장구. 그리고 맹연습에 돌입했다.

우리는 매일 방과 후 음악실에 모여 사물놀이 연습을 했다. 태어나서 처음 장구를 쳐봤다. 어릴 때부터 뭐든 열심히 하는 데는 일가견이 있던 터라, 나는 김덕수가 된 기분으로 사물놀이에 몰두했다. 덩기덕 쿵더러러러, 쿵기덕 쿵덕. 힘이 들 때면, 또는 가끔 징이나 치는 친구가 부러울 때면 꽹과리를 치며 상모도 돌려야 하는 부회장 녀석을 보며 위안을 삼았다.

몇 달 뒤 우리는 비행기를 타고 일본으로 떠났다. 긴장과 우려와 달리 아트캠프는 신세계였다. 세계 각국에서 온 미소녀들이 우리를 기다리고 있었던 것이다! 야호!

열흘이 넘는 행사 기간 중에 초반 일주일은 각국 학생 대표들이 유스호스텔에서 함께 지내면서 친목을 다지는 시간이었다. 태어나면서부터 유전적으로 망설임과 부끄러움을 담당하는 DNA가 결여된 나는 도착하자마자 활발한 사교활동을 시작했고 이틀 만에 뉴질랜드에서 온 금발 소녀 케이트에게 반해버렸다.

휴대전화는 고사하고 디지털카메라도 없던 1990년, 똑딱이 카메라로 수도 없이 사진을 찍고 뱃지를 주고받고 짧은 영어로 대화를 나누었다. 케이트가 'Good looking'이라고 해준 덕에 자신감이 도쿄 하늘을 찌른 나는 그녀에게 부끄럽지 않은 모습을 보여야겠다는 생각에 더욱 장구 연습에 매진했다.

며칠 후, 드디어 각국 학생 대표들이 공연을 펼치는 시간이 찾아왔다. 민속춤, 악기 연주, 재즈댄스, 심지어 간단한 서커스까지 정말 대단한 무대가 펼쳐졌다. 가짜 예술학도들인 우리 넷은 사물놀이 악기를 들고 무대 뒤에서 떨고 있었다.

마침내 우리 차례가 되고 행사 사회자의 소개가 이어졌다. 우리 넷의 간단한 프로필을 영어로 얘기해주는데, 그만 내 소개를 듣고 다리에 힘이 풀려 주저앉을 뻔했다.

"쟁구 지니어스 프럼 코리아! 제이크 리!"

그렇다. 쟁구 지니어스. That's what I am.

그러나 장구 천재는 귀국 후 단 한 번도 장구채를 잡은 적이 없다.

학창 시절 어이없는 추억담 두 개를 소개했지만, 우리 인생에서 특별활동은 매우 중요하다. 학교를 졸업한 뒤에는 취미라는 표현으로 대체될 수 있을 텐데, 생의 소소한 즐거움은 대부분 취미에서 나오기 때문이다. 어쩌다 보니 글과 음악, 영화 등의 모든 취미가 직업이 되어버린 내 경우는 매우 드문 케이스다. 사람들 대부분은 직업과 취미가 다르다. 잘하는 일과 좋아하는 일이 다른 것처럼. 그래서 일만 하고 취미가 없는 사람은 삶의 재미를 잃기 쉽다.

어린 시절부터의 취미를 부끄러워하지 말기를. 나이가 들었다고 프라모델을 멀리할 필요가 있나? 순정만화를 놓을 이유가 있나? 특이한 취향을 부끄러워하지도 말자. 남들이 다 개나 고양이를 키운다고 마음이 가는 이구아나를 외면할 필요가 없다. 본인이 좋다면 이구아나가 아니라 개미핥기도 키울 일이다. 밥벌이만 해도 하기 싫은 걸 억지로 할 때가 많은데 취미까지 억지로 할 필요가 있나? 취미의 종류를 부끄러워 말고 취미가 없음을 안타까워하라.

남자의 적은
무엇인가

교련시간

**나 자신과의 싸움. 맞다. 살다 보면 지켜야 할 것들이 있고,
그것들을 지키기 위해 우리는 남과도 싸우고 우리 자신과도 싸워야 한다.**

지금은 없어졌지만 내가 고등학교를 다니던 시절에는 교련시간이 있었다. 얼룩덜룩한 무늬의 교련복을 입고 플라스틱 총을 들고 간단한 군사훈련을 받곤 했는데, 여학생들은 응급처치 등의 간호법을 배우기도 했던 것으로 기억한다. 어릴 때부터 전쟁과 폭력에 대해 본능적인 거부감을 갖고 있었기에 내가 제대로 수업을 들었을 리 만무하다. 말 그대로 꾸역꾸역 시간이 가기만을 바라곤 했던 게 생각나는 전부다.

어린 학생들이 총을 잡고 군사훈련을 한다는 사실 자체가 너무나도 끔찍한 일 아닌가? 나는 그 어떤 경우에도 전쟁이라는 행위의 당위성을 공감하지 못하는 편이다. 딱 한 가지 경우는 인정한다.

나를, 나에게 소중한 것들을 지키기 위한 전쟁.

그런데 이 논리도 악용될 소지가 크다. 다른 사람들 눈엔 누가 봐도 침략전쟁이지만 전쟁을 일으킨 쪽에서 '우리의 것'을 지키기 위한 전쟁이라고 포장할 수 있기 때문이다. 역사적으로 봐도 많은 침략전쟁이 그랬다. 유럽의 십자군전쟁도 신성을 지키겠다는 명분에서 시작했고, 일본이 태평양전쟁을 일으킬 때도 서구 제국주의로부터 아시아를 지키기 위해서라는 명분을 내세웠다. 넓게 보면 9·11 테러도, 그로 인한 이라크전쟁도 각자가 서로의 무엇인가를 지킨다는 명분을 내세운 폭력이었다.

인생을 전쟁이라고 표현하는 이들도 있고, 생의 중요한 고비를 싸움에 비유하는 이들도 있다. 내 자신과의 싸움이라는 말은 특히 많이 쓰이는 클리셰다. 맞다. 살다 보면 지켜야 할 것들이 있고, 그것들을 지키기 위해 우리는 남과도 싸우고 우리 자신과도 싸워야 한다. 교련시간에는 오직 북한만이 우리의 적인 것처럼 배웠지만, 개개인의 삶 속에서 마주치는 적은 대부분 나 자신의 또 다른 모습이었다.

이 글에서는 내가 지금껏 싸워온, 아직도 싸우고 있는 적들을 소개해보고자 한다. 좀 근사하게 꾸며 말하자면 '멋진 남자가 되기 위해 싸워야 할 적들'이랄까?

먼저 확신. 아주 어린 시절부터 나는 확신과 싸워왔다. 이상하게 들릴지도 모르지만, 나는 내가 무엇인가를 확신하는 상태가 싫고 두려웠다. 나이를 먹으면서 내가 믿어왔던 진실의 이면, 지지해 왔던 신념의 어두운 면을 목도하는 일이 많아지면서 과연 이 세상에 확신을 가질 만한 일이 무엇이 있을까 싶었다. 사랑도 변하는 마당에!

쉽게 확신하는 습관의 단점은 꽤나 많고 또 치명적이다. 사람이 편협해진다. 내가 믿는 신념과 다른 신념을 가진 사람을 배척하기 쉽고, 확신이 지나치다 보면 보고 듣는 것들을 확신에 맞춰 스스로 왜곡해 받아들이기도 한다. 자꾸 남을 가르치려 드는 태도 역시 확신범의 부작용이다. 주변 사람들이 피곤해진다. 공격적인 성격으로 변하기도 쉽다. 나의 확신을 지키려면 나와 다른 믿음을 가진 사람들을 이기거나 포섭해야 하므로. 자기가 믿는 종교에 심취해 다른 종교를 배격하고 주변 사람들마저 개종시키려는 사람을 생각해보면 이해가 쉬울 것이다.

물론 확신의 장점도 있다. 무언가를 확신하게 되면 추진력이 생긴다. 확신에 찬 사람은 믿음직스러워 보인다. 그리고 무엇보다 확실하게 뭔가를 믿어버리면, 편하다. 장점만 취하고 단점은 피하면 되지 않느냐고 말할 수도 있겠지만, 말이 쉽지. 동그라미이면서 동시에 네모이기는 참 힘든 일이다. 그래서 나는 확신을 적으로 규정하고 싸워오고 있다. 뭐, 싸운다는 표현은 과격한 감이 있고, 경계한다는 표현 정도가 적당하겠다.

그럼 아무것도 확신하지 않고 사냐고? 몇 가지 확신하는 것들도 있다. 나의 열정에 대해서 확신한다. 사랑의 위대함에 대해 확신한다. 예술의 효용에 대해 확신한다. 확신은 위험하다고 확신한다. 뭐, 이 정도다.

또 한 가지 내가 경계하는 적은 권태다. 냉소, 시큰둥함 등등도 같은 맥락이라고 하겠다. 인간의 감각이란 생각보다 빨리 둔해지기 마련이다. 어떤 경험을 하고 나면 첫 경험이 아무리 짜릿하다 해도 같거나 비슷한 경험을 되풀이할 때 시들해지기 마련이다. 어릴 때는 낙엽이 굴러가는 것만 봐도 까르르 웃는다고 하지 않나? 그러나 보고 들은 게 많아지다 보면 웃음이 자꾸 사라진다. 눈물도, 흥분도, 기대도 그렇게 사라진다. 그러다 보면 결국 굳은 얼굴을 하고 매사 무덤덤한 노친네가 되어버리고 마는 것이다. 구차하지만 애써야 한다. 작은 것들, 이미 해본 것들을 시시하게 여기지 않도록 말이다.

한때 나도 지독한 권태에 빠져든 때가 있었다. 그것도 아주 젊은 나이에. 어릴 때부터 너무 일찍 너무 많은 것들을 갖고 경험해서 생긴 부작용이었던 것 같다. 그 좋아하던 클럽도 수백 번을 가니 지겨워지더라. 등단을 하고 책도 여러 권 내면서 글 쓰는 일에도 슬럼프가 왔다. 결혼을 하고 집도 사고 아이까지 갖고 보니 그다음에 뭘 해야 할지 멍한 기분이었다. 이 모든 것이 서른도 되기 전에 벌어진 일이었다. 남들은 이제 막 사회활동을 시작하고 결혼 준비를 하는 나이에, 나는 더 이상 할 것도 없고 다 해본 일들의 반복이었다.

아주 값비싼 대가를 치르고서 나는 권태의 늪에서 빠져나올 수 있었다. 내가 하는 일, 내 곁의 사람들, 매일매일 되풀이되는 일상이 얼마나 소중한지 깨닫고 나니, 나는 훨씬 더 활기 있고 행복해졌다. 그래서 지금도 조심한다. 좋아하던 아티스트의 새 앨범이 나오면 의식적으로 경건하게 재킷을 열어본다거나, 모든 술자리를 파티로 생각하고 신나게 임한다거나, 아침에 출근할 때 항상 노래를 부른다거나, 아이를 학원에서 데려올 때 언젠가 부자지간의 아름다운 추억으로 남을 것이라고 생각하면서 대화에 열중한다거나…, 뭐 이런 식으로.

잔소리 역시 나의 오랜 적이다. 물론 잔소리를 좋아하는 사람은 없겠지. 그런데 나는 잔소리를 듣는 것보다 하는 걸 더 싫어한다. 이것만큼은 내 주위 사람들, 특히 가족들이 생생하게 증명할 수 있을 테다. 지금껏 살아오면서 난 극도로 잔소리나 훈계를 하지 않고 살아왔다. 이유는 간단하다. 내가 다른 사람에게, 심지어 아들 녀석에게도 잔소리를 할 자격이 없기 때문. 내가 생각해도 내 행실이 형편없는데 누가 누구한테 이래라저래라, 이게 좋다 저게 좋다 훈계를 한단 말인가? 게다가 나는 극단적인 개인주의-자유주의자이다. 자기가 좋으면 그만, 자기가 싫으면 그만 아닌가?

나도 안다. 이런 태도가 갖는 부작용들을. 권위가 흔들리고, 자칫 타인에 대한 무심함으로 이어질 수도 있다는 것. 특히 공공선에 대해 눈길을 두지 못하는 경우도 자주 발생한다. 부작용에 대해 조심할지언정, 앞으로도 나는 다른 사람에게 이래라저래라 말할 생각은 추호도 없다. 그러니 안심해 아들아. 아빠는 네가 뭘 해도 응원할게.

마지막으로 덧붙이고 싶은 얘기가 있다. 얼마 전 내가 얻은 위대한 가르침이 있어서다. 그 가르침 덕분에 나는 한 가지 더 경계할 것이 생겼다. 김훈종, 이승훈 PD와 함께 진행하는 팟캐스트 〈씨네타운 나인틴〉에는 종종 청취자분들이 방청을 온다. 그런데 몇 달 전에 방청 왔던 청취자가 남긴 말이 나에게 충격으로 다가왔다. 정리해서 요약하자면 이렇다.

"흔히 열정과 노력으로 뭔가를 이룬 사람들에게 존경과 찬사를 보냅니다. 그 이유는 운 좋게 타고난 것들이 아닌, 자신의 땀과 성실함으로 무언가를 이루어냈기 때문이죠. 그런데 생각해보면 열정과 노력마저도 상당 부분 타고나는 자질이라는 걸 알 수 있습니다. 타고나기를 에너지를 많이 갖고 태어나고, 성실한 성격으로 태어나는 경우가 많다는 거죠. 마치 외모나 집안 환경을 선택할 수 없듯이, 열정과 노력도 그런 것이 아닐까요? 그러니 열정과 노력이 부족한 사람도 자신을 너무 자책할 필요가 없고, 반대로 열정과 노력으로 많은 것들을 이뤄낸 사람도 너무 자부심을 가져서는 안 된다고 생각합니다."

그분은 요만큼도 나를 겨냥해서 한 말이 아니었지만 나는 너무나도 부끄러워서 잠시 할 말을 잃었다.

정말 그랬다. 나는 부유한 가정에서 자란 성장기 자체가 콤플렉스였기에 고등학교를 졸업하고 나서는 정말 대차게 혼자 힘으로 살아왔다. 용돈이나 등록금도 단 한 푼 집에서 타 쓴 적이 없고, 결혼할 때도 집을 살 때도 내 힘으로 해냈다. 부모님의 지원이나 인맥에 전혀 기대지 않고 커리어를 쌓고 재산을 모았다는 사실에 무척이나 큰 자부심을 갖고 살아왔다. 특히 학창 시절 친구들이 강남 키즈의 특성상 부모님의 지원을 받으면서 자리 잡은 경우가 많아서 나는 자부심을 넘어 우월감마저 느끼곤 했다.

거기서 그치지 않았다. 열정과 노력이 부족한 이들을 폄하하기도 했다. 나도 이렇게 노력했는데 너희는 왜 내 반만큼도 노력하지 않고 징징대느냐는 심리였다. 작가 지망생이나 학생들을 대상으로 하는 특강에서도 노력과 근성의 중요성을 설파하곤 했다. 내가 얼마나 치열하게 뛰었는지를 자랑하는 것도 잊지 않고.

내가 틀렸다. 그 청취자의 말이 백번 맞다. 열정도 노력도 결코 적음이 부끄럽지 않고 많음이 자랑스럽지 않아야 한다. 그래서 나는 경계 대상 리스트에 한 가지를 추가했다. 열정과 노력에 대한 자부심.

그렇다면 우리는 무엇에 대해 자부심을 가져야 할까? 승가부심 외에는 딱히 떠오르지 않는다. 겸손하게 살라는 뜻인가 보다.

우리는 결국
식물이 된다

생물시간

아쉬워하거나 노여워하지 않고
식물 같은 노년의 인생을 받아들이길.

　고등학교 시절, 나는 교련시간을 빼고는 특별히 싫어하는 시간이 없었다. 선생님이 너무 마음에 안 드는 경우는 있었지만 대부분의 과목들이 꽤나 흥미로웠다. 하루에 몇 시간 안 자면서도 다들 잠에 빠져드는 소위 암기과목 수업을 들을 때도 참 똘망똘망 잘도 버텼던 기억이 난다.

　그중에서도 생물시간은 수업도 재미있고 선생님도 재미있는 몇 안 되는 시간이었다. 나는 대체 우리 인간이라는 족속이 어떻게 이런 모습을 지니게 되었는지 그 과정이 너무나도 궁금했기에, 수십억 년에 이르는 진화의 과정을 배우는 생물시간이 무척이나 기다려졌다. 그리고 특히 한 분의 생물 선생님 이야기를 하지 않을 수 없다.

솔직히 수업 내용이 얼마나 훌륭했는지는 잘 기억이 나지 않는다. 다만 '내 교실'에서는 자거나 딴짓을 할 수 없다는 원칙론과 회초리 정량제만큼은 아직도 기억이 생생하다. 선생님마다 애용하는 회초리의 종류가 달랐는데, 그분은 드럼스틱을 갖고 다니셨다. 지금 생각해봐도 크기와 그립감 그리고 생김새까지 회초리로 드럼스틱만 한 건 없는 것 같다. 효과도 굉장해서 매를 맞을 때의 아픔이 예상치를 훨씬 뛰어넘었다. 그 선생님은 마치 기계처럼 고통의 크기를 정확히 계산해 매를 때리셨다. 오늘 맞는 매가 어제의 매보다 덜 아픈 법이 없었다.

그래서일까? 졸업을 하고 거의 20년이 지난 후에도 텔레비전에서 생물 선생님의 얼굴을 봤을 때 바로 이름을 떠올릴 수 있었다. 곽노현 서울시 교육감이 교육감직을 상실했을 때 이대영 부교육감이 권한대행을 맡게 되었다는 뉴스였다. 꼭 말씀드리고 싶었다. 이대영 선생님! 전 선생님이 잘되실 줄 알았어요. 요즘도 드럼스틱 갖고 다니시나요?

당시 생물시간에 배운 것들은 기억에서 가물가물하지만, 가장 먼저 생물의 분류법을 배웠던 건 기억이 난다. 학창 시절에 아무리 생물 공부를 못했던 사람도 생물이 크게 두 종류로 나뉜다는 것 정도는 안다. 식물과 동물.

그런데 사람도 보면 식물 같은 사람이 있고, 동물 같은 사람이 있다. 묵묵히 자신의 삶을 살아 나가는 사람이 있는가 하면 요란하게 다니면서 티를 내는 사람들도 있다. 난 어릴 때부터 지금까지, 명백히 동물적인 인간이었다. 나서기를 좋아하고 이기기를 좋아하는, 심지어 동물 중에서도 심각한 육식동물이었다.

그래서인지 나는 노년의 삶에 대해 별로 생각해본 적이 없다. 꼭 나이 지긋한 인생뿐만이 아니라 사회적-개인적 활동이 뜸한 '한가한' 인생에 대해 생각해본 적이 없다. 마흔이 넘은 지금도 대체적으로 그렇다. 나는 늘 빠르게 달리고 바쁘게 지낼 것만 같다.

그런 내가 식물 같은 인생에 대해 곰곰이 생각해본 계기가 있었다. 바로 한 권의 책 때문이다. 영화로도 만들어진 일본소설 《앙》은 이런 생각에 대한 대답을 천천히 들려주는 작품이다. 내 경우에는 책을 먼저 읽고 너무 좋아서 영화를 찾아봤는데, 책을 한 번 더 읽는 기분이 들 정도로 활자를 고스란히 영상으로 옮겨놓았다.

작품의 줄거리는 이렇다. 센타로는 일본식 단팥빵인 도라야끼를 만드는 가게에서 일한다. 그에게는 사정이 있다. 불미스러운 사건에 휘말려 감옥까지 가게 되었는데 그 합의금을 빌려준 사람의 가게에게 일을 해서 빚을 갚고 있는 것이다. 큰 의욕 없이 하루하루 빵을 만들던 그에게 두 명의 특별한 손님이 찾아온다. 한센병 환자였던 도쿠에라는 이름의 할머니 그리고 무척 가난한 형편의 소녀 와카네. 주인공 센타로와 와카네가 도쿠에 할머니를 통해 삶의 의미와 희망을 되찾는 과정이 잔잔하게 그려진다.

제목은 우리말로 팥소를 뜻하는 '앙'(앙꼬의 앙)이지만, 소설도 그렇고 영화도 그렇고 식물을 빼놓고는 이 작품을 말할 수 없다. 책 표지와 영화 포스터에 벚꽃이 흐드러지게 핀 모습이 꽉 차 있는 것은 물론이고 사계절의 변화를 보여주는 나무와 꽃에 대한 묘사가 줄거리와 주제 의식을 지배하다시피 한다.

10대 소녀, 40대 아저씨, 70대 할머니라는 인물 구성 역시 식물의 한살이를 보는 듯하다. 존재 자체만으로 싱그러운 청년기, 힘과 경험이 조화를 이룬 중년 그리고 죽음을 향해 다가가는 노년. 세 사람의 이미지는 푸릇푸릇한 싹이 돋는 나무와 이파리 가득한 나무, 낙엽이 떨어지는 나무를 통해 형상화된다.

생의 단계는 다르지만 세 사람에게는 너무나도 힘든 저마다의 고통이 있다. 주인공 센타로는 미래가 없는 현실이 고민이다. 이 대로 이냥저냥 도라야키를 만들어 팔다가는 결국 가난하고 비참한 말로를 맞을 것이 뻔하다. 소녀 와카네는 고등학교에 진학하기도 어려울 정도의 가난이 힘겹다. 이런 그들에게 천형이라 불렸던 나병을 앓고 손이 문드러진 도쿠에 할머니가 생의 마지막까지 희망을 잃지 않는 모습을 보여준다.

이 작품의 가장 큰 장점은 일흔이 넘은 나이에 불편한 몸을 이끌고 단팥 만드는 아르바이트를 하는 도쿠에 할머니의 태도가 '우리 때는 너희들보다 훨씬 더 힘든 상황에서도 역경을 이겨내며 살았다'는 기성세대의 훈계로 보이지 않는다는 점이다. 그녀는 나무처럼 묵묵히 세월을 견뎌낸다. 바람에 잎이 흔들리는 소리가 나듯,

가끔 말할 뿐이다. 인생마다 사정이 있으니 열심히 살아보자고.

담담한 태도로 후대를 위해 자신의 삶을 바치는 도쿠에 할머니의 모습은 낙엽이 새싹을 위해 땅에 몸을 던지는 모습과 겹쳐진다. 그 지점은 너무나도 자연스럽고 감동적이어서, 아! 제정신인 사람이라면 눈물을 흘리지 않고 넘어갈 수 없다.

도입부에서 페이지와 화면 가득했던 벚꽃은 결말 부분에서 다시 만개한다. 인간의 삶에서 청춘이 그러하듯, 벚꽃이 만개하는 때는 아주 짧다. 그러나 꽃이 피어 있지 않다고 해서 나무가 아닌 것은 아니다. 싹이 돋아날 때도, 낙엽이 질 때도 나무는 나무다. 우리의 생 역시 모든 시기가 똑같이 소중하다. 다만 우리가 유난히 청춘을 질투할 뿐.

이 소설의 한국판 표지에는 이런 홍보 문구가 적혀 있다.

"삶이 조금만 더 달았으면 하는 사람들을 위한 도라야키 한 입에 담긴 가슴 뛰는 위로."

홍보글은 늘 과장되기 마련인데, 이 책만큼은 그렇지 않다. 힘겹고 서글픈 시기를 지나고 있는 이들에게 감상을 권한다. 책이든 영화든 다 좋다. 이야기의 구절구절마다 식물의 묵묵함이 버티고 있는, 참 좋은 작품이다.

책의 마지막 페이지를 덮으면서, 나는 대학에 들어가자마자 현대 영시 수업시간에 배웠던 한 편의 시가 생각났다. 시인도 제목도 기억이 나지 않는다. 정말 다시 찾아 읽고 싶어서 네이버에 구글에 온갖 검색엔진을 동원했건만 결국 실패했다.

소설 《앙》과 맞닿은 시의 내용은 몇 번이고 반복되는 'Who will want you?'라는 부분이다. 내 기억이 맞다면, 찬란한 젊은 시절을 지나 늙고 조용한 시절이 오면 누가 당신을 원하겠는가? 뭐 이런 식의 표현이 반복되었던 것 같다. 혹시라도 이 시를 아는 분이 있다면 알려주세요. 후사하겠습니다.

우리 인간은 분명히 생물학적 분류법으로는 동물이다. 그러나 세월이 흐르면서 점점 우리는 식물의 성질을 닮아간다. 점점 느려지고 약해지고 조용해진다. 누구보다 더 동물적인 인간이라고 스스로 생각하는 나조차도 그럴 것이다. 언젠가는 클럽에 못 가는 날이 올 거고, 야외수영장에 뛰어들지도 못하고 여자들과 신나게 파티를 즐기지도 못하는 날이 올 것이다. 당연하다. 나는 잘 알고 있다.

지금은 방송도 만들고 소설도 쓰고 영화 시나리오도 쓰고 사람들 앞에서 강연도 하고 여기저기 초대받는 자리도 많다. 정글을 누비며 마음껏 사냥을 하던 맹수처럼 나는 대도시에서 왕성하게 활동하고 있다. 나를 원하는 자리, 나를 찾는 사람들도 많다. 너무 많아서 탈이지. 그러나 식물처럼, 그것도 이파리 가득한 나무가 아닌 고사 직전의 노목처럼 느리고 힘이 없어진 미래의 어느 날에 누가 나에게 초대장을 보내겠는가? 누가 나를 원하겠는가?

노년기에 대해 언제부터, 어느 정도로 대비해야 하는지는 정답이 없다. 다만 지금 내가 누리는 것들이 서서히 소멸해갈 것이라는 각오 정도는 한창일 때부터 하는 것이 좋다. 그런 생각은 실로 우리를 겸손하게 만들고 오히려 지금의 나날을 더욱 감사하며 즐길 수 있게 해준다. 더불어 나와 다른 세대, 즉 노인과 아이들에 대해서도 공감하고 배려하게 만들어준다. 《앙》에 등장하는 세 명의 주요 인물인 노인과 아저씨, 여고생이 서로의 인생을 가치 있게 만들어주는 내용은 바로 이런 공감과 배려의 단계를 문학적으로 형상화한 것이리라.

뭐 그렇다고 삶에 대해 너무 해탈한 자세로 살 필요는 없다. 나는 오늘도 내일도 먹이를 찾아 산기슭을 어슬렁거리는 하이에나처럼 일과 사람과 사랑을 찾을 것이다. 그러다가 힘이 빠지고 땅에 쓰러져 한 그루의 나무쯤으로 굳어갈 때 즈음, 지금 이 글을 쓰는 순간을 떠올릴까? 아쉬워하거나 노여워하지 않고 식물 같은 노년의 인생을 받아들였으면 좋겠다. 내 자신이 썼던 문장을 기억하면서.

꽃이 피어 있지 않다고 해서 나무가 아닌 것은 아니라고. 싹이 돋아날 때에도, 낙엽이 질 때에도 나무는 나무라고. 우리의 생 역시 모든 시기가 똑같이 소중하다고.

자, 이제 수업이 다 끝났다. 종례시간이다.

주례사와 종례시간은 짧을수록 좋지만, 다음에 이어질 이승훈 선생의 열변을 듣기 전에 마음의 준비를 할 시간이 조금 필요할 듯하다.

나는 삶의 지침이나 원칙은 있으면 더 좋지만, 뭐 없어도 그만이라고 생각한다. 하지만 내가 뭘 원하는지는 분명히 알아야 한다. 결국 내가 어떤 인간인지는 내가 뭘 원하는지에 달려 있기 때문이다. 우리의 행복 역시 마찬가지.

나는 무슨 일을 할 때 신이 나지? 나는 누구랑 있을 때 기분이 좋지? 나는 어떤 상태에서 편안함을 느끼지? 무엇이 내 피를 끓게, 살아 있게 만들지?

이런 질문들은 우리가 종종 잊고 사는 질문들이다. 가끔 이런 질문들을 던지고 스스로 대답해야 한다.

원하는 대로 살기란 무척 어렵다. 그러나 포기하지 않기를 빈다. 위에도 썼지만 진짜 행복은 내가 정말로 원하는 선택을 할 때만 얻을 수 있기 때문이다. 자기 멋대로 사는 인간이라는 힐난을 무척이나 많이 들어왔음에도 불구하고, 나는 앞으로도 내가 원하는 대로 살 생각이다. 욕도 계속 먹고, 비난도 받고, 원망도 애원도 듣겠지만…, 위선을 택하느니 뻔뻔한 놈이 되련다. 미움 받을 용기 없이는 행복해질 수 없다는 것을 알기에.

자, 다음에 이어질 수업을 진행하실 이승훈 선생님으로 말씀드릴 것 같으면…, 나와 지문과 얼굴이 다른 만큼 가치관도 무척이나 다른 분이시다. 일단 나보다 《삼국지》를 많이 아는 건 확실하고, 게임도 잘한다고 하더라. 개인의 삶 외에도 사회와 정치에 대한 열정과 관심도 많은 훌륭하신 분이고 게다가 피부도 좋으니, 배울 게 많으리라 본다. 아, 수업 중에 욕이 튀어나오더라도 놀라지 말기를.

그럼 이만 총총.

이승훈의
수업시간

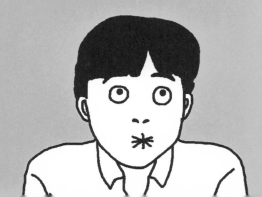

15세 지우학. 학문에 뜻을 둔다지만 학문에 뜻을 둔 적은 결단코 없다.

20세 약관. 1895년 고종이 단발령을 시행했기 때문에 관을 쓸 필요가 없었다.

30세 이립. 선다는데 그건 뭐 이전부터 자주 있던 일이기 때문에 굳이 30세가 될 필요는 없었다.

40세 불혹. 처음에는 불혹의 뜻이 아닐 불不 자에 미혹할 혹惑 자를 써서 미혹되지 않는 상태를 말하는 줄 알았다. 나도 마흔 살쯤 되면 이것저것에 흔들리지 않고 제대로 된 인간으로 살 수 있는 거구나. 얼른 마흔 살이 되고 싶었다. 언제까지 이렇게 경망스런 인간으로 살 수는 없는 것 아닌가.

막상 마흔이 되고 나서 든 생각은 두 가지였다. 공자님도 40세가 되어서야 겨우 미혹되지 않는 상태가 됐는데, 나 따위가 뭐라고 고작 마흔에 미혹되지 않는 상태가 되기를 바란 걸까? 아차, 내 주제를 몰랐구나. 혹시 불혹이 미혹되지 않는 상태가 아니라 불같이 미혹된다는 뜻인가?

어렸을 때 생각했던 마흔 살은 웬만한 일에는 흔들리지 않으며, 자기 일은 빈틈없이 처리하고, 생활에는 여유가 생기는 나이였다. 그런데 나이가 들고 보니 이게 웬걸, 불같이 미혹당하고, 부평초처럼 흔들리며, 하루하루 넘어가기 급급한 사람이 되었다.

내가 잘못된 것인가 아니면 세상이 잘못된 것인가 고민하다, 내 탓하면 무엇 하리 세상을 탓하리라. 내가 세상을 버릴지언정 세상이 날 버리게 두지는 않겠다는 조조의 마음이 되어 세상을 탓하기로 결심했다.

마흔이란 생물학적으로도 사회적으로도 한 인간에게 큰 의미를 가지는 나이인 것 같다. 먼저 생물학적으로는 육체적인 기능이 전성기를 지나 본격적으로 하강기에 접어들기 시작하는 나이, 주변 동년배의 죽음이 아주 드물지는 않은 그런 나이다. 사회적으로는 갈림길에 놓이게 된다. 이전까지 자신이 쌓아온 경력과 관계를 바탕으로 새로운 일에 도전할 수 있는 끝자락이고, 은퇴 이후의 삶이 가시권에 들어오기 시작한다.

많은 사람들이 마흔이 되면 자신의 의지와 관계없이 혹은 자신의 의지로 이후의 삶을 고민해야 하는 처지에 놓이게 된다. 자신의 의지로 삶의 방식을 모색해야 하는 사람은 그래도 행복한 축에 속한다. 최소한 두 가지 이상의 선택지를 가지고 있다는 면에서 볼 때 나름대로 행복한 처지라 할 수 있다.

다행히도 나는 아직 선택을 강요당하지는 않았다. 그렇다 해도 강요된 선택이 언제 내 앞에 불쑥 들이닥칠지 모른다는 불안감은 가지고 있다. 불안을 사회의 동력으로 삼는 우리나라에서 이 나이에 이 정도의 불안감을 가지고 살아갈 수 있다는 것만으로도 행복한 것이지만, 저 사람이 나보다 더 불안하다는 것이 나의 안전을 보장해주는 것은 아니다.

이런 나이가 되어 내가 여태까지 어떻게 살았고, 무엇을 할 수 있고, 잘하는 것은 무엇이고, 못하는 것이 무엇인지를 되짚어보는 것은 중대한 문제일 수밖에 없다. 나는 누구를 만나 무엇을 보고 듣고 맛보고 배우며 살았을까? 내가 즐긴 것은 무엇이고 나를 고통스럽게 만든 것은 무엇이었을까? 내가 배운 것들, 알고 있는 것들, 아직 모르는 것들, 모른다는 것도 모르는 것들에 대해 생각해보고 이 질문들에 대한 답을 구해보겠다.

말 잘하는
남자가 멋있다

말을 많이 하기보다
많이 듣고 지켜보는 사람.

"어머 우리 애…, 신동인가 봐."

세상 많은 아이들이 이런 이야기를 들었을 것이고, 나도 그중 하나다. 국어 신동, 수학 신동, 과학 신동, 음악 신동, 미술 신동, 심지어 공룡 신동에 이르기까지 수많은 신동들이 있는 우리나라에서 나도 거기 어딘가에 있는 신동 자리를 차지하고 있었다.

나는 마흔이 넘은 지금도 '입만 살아 있다', '물에 빠지면 입은 뜰 거다' 같은 소리를 듣는 말 많고 수다스러운 사람이다. 그런 내가 신동 소리를 들었다면 무슨 신동 소리를 들었겠는가? 나는 다른 아이들보다 말과 글을 유난히 빨리 깨우쳐 부모님에게 우리 아이가 신동인가 하는 설렘을 안겨주었다. 그 기대는 내가 초등학교에 입학함과 동시에 산산조각으로 부서져 불러도 다시는 오지 않을 이름이 되었지만….

그럼에도 나는 내 자신이 남들보다 글을 빨리 깨우쳤다는 사실에 자부심을 가지고 있었다. 부모님 말에 따르면 네 살 때 한글을 읽을 수 있게 되었고, 여섯 살 때 천자문을 외웠다고 한다. 다섯 살 때 사서삼경을 줄줄 외운 김시습에는 미치지 못하겠지만, 내 나름대로 자랑스러운 일이었다.

그러나 남들보다 빨리 익혔다는 게 남들보다 잘했다는 걸 의미하진 않는다. 그렇다. 나는 낙제생이었다. 당시에는 낙제라는 제도가 없었으므로 정확히 말하면 낙제생이라고 할 수는 없지만, 성적이 과히 좋지 않았던 것은 확실하다. 다른 아이들보다 글 좀 읽었으니 글쓰기라도 잘할 줄 알았지만, 나는 단 한 번도 글쓰기로 상을 받아본 적이 없다. 초등학교 시절에 누구나 받는다는 그 흔한 글짓기 상과 어떤 인연도 맺지 못했다.

그제야 나는 나의 주제넘음을 깨달았다. 아, 나는 신동이 아니었구나. 신동이 아닌 정도가 아니라 평범보다도 조금 모자란 그런 아이였다. 다만 말은 누구보다도 많았다.

나는 왜 이렇게 말이 많은 걸까? 고민했다. 사실 고민하지는 않았다. 말 좀 많을 수도 있지. 뭘 그런 걸 고민하나. 그 시간에 한마디라도 더하는 게 낫지. 인생은 짧고 할 말은 많은데. 다만 말을 좀 잘했으면 좋겠다는 생각은 했다.

이왕 말이 많은 거 잘하기라도 하면 좋지 않을까? 친구들과 모여서 놀 때 유쾌하게 말하거나 논쟁을 벌일 때 논리정연하게 말하거나 다수의 사람들을 상대로 유창하게 말하면 멋있으니까.

말을 잘하는 데 관심이 있다 보니 나는 어렸을 때부터 말 잘하는 사람들을 좋아했다. 말 잘하는 사람을 만나면 친해지고 싶고, 나도 저렇게 말을 잘했으면 좋겠다는 생각도 했다. 그래서인지 말을 잘하는 사람을 참 많이 만났다.

고등학교 때 반장이었던 준환이는 틈만 나면 뒤에서 남의 험담을 하는 습관 때문에 좀 그랬지만 별것도 아닌 얘기를 참 재밌게 했다. 말을 잘하는 사람 중에 수다쟁이는 없다. 말을 많이 하다 보면 어디선가 허점이 드러나기 때문이다. 그런데 대학교 후배인 은규는 그렇지 않았다. 누구보다도 말을 많이 했지만, 늘 유쾌하고 재미있게 이야기했다. 그런 친구, 후배, 형 들을 보면서 느낀 것도 배운 것도 많다. 그중에서 (현재까지로는) 나의 마지막 말하기 선생님 이야기를 하려고 한다.

나와 그의 첫 만남은 다른 사람들이 그를 처음 만났던 모습과 크게 다르지 않았다. 다른 사람들보다 조금 빠른 편이긴 했지만. 나는 초등학교 2학년 때 서세원의 〈별이 빛나는 밤에〉로 라디오에 입문하여 남들 다 듣는 라디오 프로그램을 찾아 들었고, 남들이 안 듣는 라디오 프로그램도 찾아 들었다. 학교가 집에서 꽤 멀리 떨어져 있어서 버스를 타고 다녀야만 했기 때문에 나는 매일 아침 버스 기사 아저씨가 틀어놓은 라디오 프로그램으로 하루를 시작했다. 그리고 잠자리에 누워 라디오를 들으며 하루를 마무리했다.

그렇게 열심히 라디오를 듣던 중학교 1학년 어느 날, 미심쩍은 좀 더 정확히 표현하자면 기존의 라디오 프로그램과 무언가 다른데 어린 나로서는 정확히 뭐가 어떻게 다른지는 모르겠어서 '뭐지 이건' 하면서 계속 듣던 라디오 프로그램이 하나 나왔다.

프로그램의 제목은 〈하나 둘 셋 우리는 하이틴〉. 앞에 붙은 '하나 둘 셋'이라는 말이 흘러간 시절을 보여주는 것 같지만, 당시는 구호의 시대였으니까 다 함께 구호를 외치려고 타이밍 잡는 것을 과감하게 제목으로 사용한 신선한 시도로 이해하고 넘어가기로 한다.

요새 아이돌들이 그룹의 이름을 알리기 위한 인사를 하려고 하나 둘 셋을 외치는 걸 떠올려보면, 시대를 앞서간 프로그램이었던 〈하나 둘 셋 우리는 하이틴〉의 진행자는 미스코리아 출신이라는 어떤 여자와 대책 없이 목소리가 낮고 많지 않은 나이에 탈모로 고생한다고 주변 사람들은 말하지만 본인은 이마가 넓은 것뿐이라고 말하는 어떤 남자였다.

당시 이름만 들어도 알 수 있는 쟁쟁한 스타들 사이에서 이 남자는 도대체 어디서 굴러 온 돌인지 알 수가 없었다. 그런데 이 남자가 늘 비슷한 이야기를 하는데도 질리지 않았다. 무엇인지 정확히 알 수는 없었지만 그의 말에는 알 수 없는 '매력' 아니 '마력'이 있었다. 나는 친구랑 놀다가도 그 프로그램이 시작할 시간이 되면 집으로 돌아와 라디오를 켰다. 밤 9시가 되면 어김없이 흘러나오던 시그널 그리고 대책 없이 낮은 목소리. 내가 그 프로그램을 열심히 들은 이유는 하나였다. 재밌으니까. 누구인지 알게 뭐야. 어차피 남자인데, 재밌으면 됐지.

그러던 어느 날, 학교에 갔는데 친구들이 '매니 가이즈 아 올웨이즈 터닝 유어 롸운드…' 하는 가사를 한글로 적어놓고는 열심히 외우고 있었다. 그 시간에 영어 단어를 하나라도 더 외우지 그러니 얘들아, 가 아니고 무슨 짓을 하냐고 물어보니 노래 가사를 외우고 있단다. 친구들은 진짜 좋은 노래 가사라면서 나에게도 한번 들어보라고 권했다.

노래가 흘러나오자 나는 바로 알 수 있었다. 그 남자다! 대책 없이 목소리가 낮고 이마가 남들보다 월등히 넓어 탈모를 의심받는 그 남자! 내가 열심히 듣던 라디오 프로그램을 버리고 사라진 그 남자. 그 남자가 노래를 부르기 시작했구나(그 남자는 원래 가수였는데, DJ를 했던 것이었지만 중요한 건 그게 아니었다). 나는 그때 그의 이름을 알게 되었다. 그의 이름은 '신해철'이었다.

사랑 노래밖에 없던 시절, 사랑을 고민하기에는 아직 어렸던 우리들에게 그의 노래는 신선한 충격이었다. 그 당시에도 사랑을 고민하던 조숙한 친구들이 있었겠지만, 더 중요한 것이 많던 우리들은 사랑 얘기로만 가득한 가요 가사가 마음에 와 닿지 않았고, 차라리 가사를 모르는 팝송이 훨씬 마음에 들었던 차였다. 하지만 그의 가사는 달랐다. 어떻게 살면 좋을지. 이다음엔 무엇이 될 것인지. 왜 세상 모든 것은 자꾸 바뀌는지. 어떤 생각을 하고, 무엇을 하면서 살지⋯. 어린 우리들이 하던 고민들이 그의 노래 가사 속에 담겨 있었다.

말에 생각을 담는다는 건 쉬운 일이 아니다. 하물며 노래 가사 속에 자신의 삶과 생각을 담는다는 것은 굉장히 어려운 일이다. 그는 고작 스물한두 살의 나이에 그 일을 아무렇지 않게 해냈다. 내가 나이가 들어 그가 그런 가사를 썼던 나이가 되자 새삼 그의 위대함에 감탄했다.

그가 솔로가수로서 안정된 인기를 버리고 N.EX.T라는 그룹을 결성해서 낸 첫 앨범에 나도 그리고 다른 친구들도 충격에 휩싸였다. 도시에 사는 사람들의 이야기로 이렇게 멋진 노래를 만들 수 있다니. 노래가 우리의 삶을 표현하는 한 방식이라고 생각하면, 우리의 삶을 묘사하는 노래가 나오는 게 당연한데도 우리 모두는 그런 당연함을 외면하고 있었다. 다들 식사도 제대로 하지 못한 채 아침에는 우유나 한잔 마시고 부랴부랴 출근하기 바쁘고, 점심에도 제대로 된 식사가 아닌 패스트푸드로 때우는 일도 많다고 이야기는 들었지만, 그걸 말로 바꿔 노래 가사로 만들 생각을 한 적은 없었다.

그리고 어느덧 자라서 안 먹는 것보단 낫겠지라는 생각으로 마시는 아침 우유 한 잔이 오히려 위에 좋지 않다는 걸 알게 되었을 무렵, 나는 〈고스트 스테이션〉의 PD가 되었다. 그렇게 해철이 형을 만나 석 달간 국어 강의를 들었다. 국어 강의라고 하지만, 형이 나에게 무슨 강의를 해준 것은 아니다. 그냥 그가 생각하는 모습과 말하는 것을 보고 듣고, 그와 술을 마시면서 병신 같은 소리를 주고받았다. 그렇다. 그와 나는 정말 병신 같은 소리만 했다. 어디 쓰려고 해도 아무짝에도 쓸데없는 소리를 낄낄거리면서 주고받았다. 하지만 그 시간 동안 나는 세상 어디에서도 들을 수 없는 특별한 국어 수업을 들었다.

형과 일하는 석 달 동안 하루도 편안하게 넘어간 적이 없다. 날마다 사건과 사고의 연속이었고, 노심초사해야만 했다. 생방송보다는 녹음을 하는 편이 좋을 거라고 생각했기 때문에 녹음 스튜디오를 잡아놓은 채 형을 기다리고 있노라면 다른 팀들이 혹시 스튜디오 안 쓰면 자신들이 쓰면 안 되겠냐고 물어봤다. 이제 곧 녹음을 시작해야 하기 때문에 어렵다고 말하는 것도 하루 이틀. 날마다 쓰지도 않을 스튜디오를 잡은 채 형을 기다려야 했다.

느지막이 나타난 형은 이번에는 의자에 앉아 녹음할 내용을 생각해야 한다며 눈을 감고 생각에 잠겼다. 사실 생각에 잠긴 건지 잠을 자는 건지 정확히 알 수는 없지만, 생각하고 있다고 생각하는 편이 마음이 편하므로 나는 생각하고 있다고 생각하기로 했다.

그렇게 한두 시간이 지난 후 드디어 녹음을 시작하면 오래오래 녹음을 해주면 좋으련만 '아, 오늘은 참 할 말이 없다'며 술이나 마시러 가자고 했다. 나는 모자란 방송 분량을 노래로 채워넣고 욕에 '삐'처리를 하며 편집을 했다.

　그런데 정말 신기한 건 그렇게 녹음한 내용이 참 들을 만하다는 거다. 그저 그런 뻔한 얘기일 때도 있고, 가끔은 생각지도 못한 기발한 얘기일 때도 있는데, 그 어떤 얘기건 간에 재미있게 들을 수 있다는 거다. 똑같은 얘기를 해도 형이 하는 얘기는 무언가 좀 달랐다.

　〈고스트 스테이션〉 청취자라면 대부분 아는 사오정과 108계단의 요괴대장 이야기만 해도 그렇다. 형은 가끔 할 얘기는 없는데 길게 이야기하고 싶은 날에는 108계단의 요괴대장 이야기를 하곤 했다. 이야기는 이렇다.

　삼장법사와 일행이 사막을 가는데 108계단의 맨 꼭대기에 요괴대장이 떡하니 서 있었다. 요괴대장은 107번째 계단을 밟으며 말했다.

　"으하하하, 나는 108계단의 요괴대장이다."

　요괴대장은 106번째 계단을 내려오며 말했다.

　"으하하하하하, 나는 108계단의 요괴대장이다."

　요괴대장은 105번째 계단을 내려오며 말했다, 라는 식으로 이야기는 반복되었다. 가끔은 건너뛰기도 하지만 요괴대장은 대체로 108계단을 차례차례 내려오며 매번 똑같은 대사를 읊었다. 이야기는 짧을 때는 20분이 걸리기도 했고 길 때는 40분을 훌쩍 넘기기도 했다.

　108계단의 요괴대장이나 삼장법사 일행보다 훨씬 신비한 건

해철이 형이었다. 누가 들어도 지루할 것 같은 반복되는 이야기인데도 형이 하면 뭔가 있는 이야기인 것 같고, 왠지 재미난 이야기처럼 느껴졌다.

왜 똑같은 이야기를 해도 내가 하면 재미가 없는데 형이 하면 들을 만한 이야기로 바뀔까? 그렇다고 평소에 형이 엄청나게 재밌는 사람인가 하면 그건 또 아니다. 그때부터 형이 말하는 법을 유심히 지켜보았다. 내가 파악한 신해철의 말하기 비법은 아주 '특별한' 것이 아니다. 오히려 너무 평범해서 당연하게 여겨지는 것이지만, 실제로 실천하기는 굉장히 어려운 방법이다.

먼저 형의 말하기는 남다른 관찰력에서 시작했다. 그가 쓴 가사에서도 알 수 있지만, 그의 관찰력은 남다르다. 녹음실에 있는 의자 하나 사소하게 넘어가는 법 없이 꼼꼼히 관찰한다. 형이 인상적인 말을 많이 남겼다고 해서 형이 말을 많이 한다고 생각하는 사람도 많지만, 그는 절대 말을 많이 하는 사람은 아니었다. 오히려 많이 듣고 지켜보는 사람이었다. 형과 프로그램을 같이하는 동안 거의 매일 술을 마셨지만, 내가 주로 말하는 쪽이었고, 형은 듣는 쪽이었다.

형은 꼼꼼하게 관찰한 것들을 바탕으로 깊이 생각했다. 과연 저것은 어떤 의미가 있는가? 이것은 옳은 것인가? 이건 하면 안 되는 일은 아닐까? 그런 심사숙고를 바탕으로 말을 했고, 가사를 썼다. 형의 가사에 등장하는 내용이 주로 일상과 관련된 것이라는 사실은 우연이 아니다.

　또 형을 통해 말할 때 중요한 것은 호흡임을 배웠다. 보통 전화를 할 때 번호와 통화 버튼을 누르면 바로 귀에 대고 상대방이 받기를 기다리며 통화연결음 소리나 음악을 듣는다. 해철이 형에게 전화할 때는 그럴 필요가 없었다. 전화를 걸면 절대 빨리 받는 법이 없었다. 딥퍼플의 〈하이웨이 스타〉가 30초 이상 흐르고 나면 그제야 전화를 받는다. 천천히 낮은 목소리로 '여보세요' 했다. 전화 하나를 받을 때도 그냥 받는 것이 아니라 호흡과 리듬을 생각하며 받았다.

　라디오에서는 아무 소리가 안 나고 7초가 지나면 비상음악을 튼다. 그래서 라디오 PD들은 아무 소리도 나지 않는 무음 상태를 굉장히 불안해한다. 끊임없이 말이 흘러나와야 마음의 평온을 찾는다. 형과 프로그램을 하는 동안 나는 내 마음의 평안을 포기했다. 동양화가 여백의 미를 살리는 것처럼 형은 말과 말 사이의 공간을 듣는 사람들이 스스로 채우도록 만들었다. 형의 말과 말 사이는 소리가 들리지 않는 빈 공간이 아니라 오히려 무언가를 느끼고 생각하도록 만드는 특별한 순간이었다. 처음에는 그 빈 공간을 참지 못하고 편집하기 일쑤였지만, 그렇게 빈 공간을 자르고 나니 말맛이 살지 않아 그만두었다. 말에는 리듬이 필요하다. 말을 하는 순간만이 아니라 말을 하지 않는 순간에도 그 리듬은 필요하다.

　일반적으로 라디오 PD가 프로그램을 한번 맡으면 최소 1년,

길면 2~3년씩 프로그램 연출을 하게 된다. 〈고스트 스테이션〉의 연출도 그럴 줄 알았지만 뜻밖의 일로 석 달 만에 나는 그 자리에서 내려오게 되었다. 이 일 또한 형이 나에게 가르침을 준 수업이 되었다. 모 걸그룹과 보이그룹 팬덤 간에 벌어진 사건을 두고 형은 보이그룹 팬덤에게 일침을 놓았다. 예능 프로그램 같은 걸 보는 사람들은 다 알겠지만, 보이그룹 팬덤에게 미움을 받는 일은 연예인에게 치명적일 수 있다. 극성맞다는 말로도 부족한 팬덤의 활동이 자신들에게 미움을 산 사람을 가만 놔두지 않기 때문이다.

게다가 한 보이그룹의 팬덤도 아니고 무려 세 그룹의 연합 팬덤이었다. 그들과 다투는 일은 금기시되는 일이었다. 하지만 신해철이 누군가? 그는 거침없이 그들이 잘못했다고 말했다. 당연히 인터넷에서 논란이 벌어졌다. 그 일이 하나의 원인이 되어 나는 〈고스트 스테이션〉 프로듀서 일을 그만두고 잠시 제작에서 손을 놓았다.

형이 내가 아는 사람 중에 제일 말을 잘하는 사람은 아니다. 하지만 형과 일을 하는 동안 나는 말을 한다는 것 그리고 말을 하지 않는다는 것에 대해 배웠다. 아쉽게도 석 달에 불과한 시간이었지만, 그에게서 배운 것들은 고스란히 내게 남았다. 남았다고 해서 내가 그렇게 말할 수 있다는 건 아니고 아 저렇게 말할 수도 있구나, 하는 정도이지만.

말을 잘한다는 것은 단지 말재간으로 사람을 웃게 만드는 것만을 의미하지는 않는다. '기사가 누구도 불편하게 하지 않는다면 기사가 아니라 광고'라는 말이 있다. 듣는 사람들로 하여금 생각하게 만들고 나아가서는 듣는 사람의 삶까지 바꾸는 사람이 진짜 말을 잘하는 사람이 아닐까? 그런 말을 하기 위해서는 용기가 필요하다. 형과 헤어지면서 나는 그런 용기를 배웠다. 이제 형과는 다시 볼 수 없게 됐지만, 그가 나에게 알려준 것들은 내가 사는 동안 그대로 남아 나에게 말하기에 대한 영감을 전해줄 것이라 믿는다.

나는 왜 정치에 집착하는가

정치란 삶의 조건을 놓고 흥정과 조정을 하는 것.
이런 문제를 쿨하게 좋을 대로 하라 말하고 집어던져도 괜찮은 걸까?

쿨함을 모르는 사람은 있어도 쿨함을 싫어하는 사람은 없다. 누구나 쿨하고 싶어 한다. 그런데 쿨이란 게 뭘까? 쿨하다고 하는 게 뭘까?

술자리에서 만난 여자에게 고백했다가 거절당하면 매달리지 않고 바로 잊어버리는 게 쿨한 걸까? 요거트 먹을 때 뚜껑에 붙어 있는 요거트를 핥아 먹지 않으면 쿨한 걸까? 카톡으로 이별을 통보하면 쿨한 걸까? 상대의 이별 통보 카톡을 확인한 후 답장하지 않고 헤어지면 쿨한 걸까? 그나저나 정치에 무관심한 건 쿨한 걸까?

쿨은 냉정함이나 무던함과 함께 어떤 종류의 멋이 담긴 스타일을 묘사하는 단어였다. 지금은 차포 다 떼고 쿨을 '멋진'이라는

의미로 사용하고 있다. 이쯤에서 의미가 변화되지 않고 '멋지다' 정도에서 그쳤으면 좋았겠지만, 이제는 '무정함'을 쿨하다고 생각하는 사람이 많은 것 같다. 쿨이란 게 집착하지 않는 자세를 의미하기는 하지만, 집착하지 않는 것이 쿨함이 될 수는 없다. 천재가 악필이라고 해서 악필이 천재는 아니듯이. 그런데도 많은 사람들이 자주 집착하지 않기만 하면 쿨하다고 말한다. 특히 정치와 관련해서 이 단어를 쓰는 사람이 많은 것 같다. 정치에 관심 없는 것이 쿨한 걸까?

자신이 쿨해 보이기를 원하는 사람들은 정치에 관심을 가지면 쿨하지 못하다고 생각하곤 한다. 나도 그랬다. 정치에 무관심한 것이 쿨하고 멋있다고 믿었다.

"나는 기권으로 내 소신을 표시하겠어."

스무 살에 투표권을 가진 이래 10년 넘게 나는 기권이 내 소신을 표시한다고 믿었다. 10년 넘게 정치에 관심을 가져본 적도 투표를 해본 적도 없다. 지금 나는 그때의 나를 '쿨병 환자'라고 부른다. 집착하지 않는 자세가 쿨해 보일 때도 있지만, 집착하는 모습이 쿨해 보일 때도 있다.

상대방에게 이별을 통보받은 뒤 집착하지 않고 그 자리에서 '오케이' 하고 헤어져 잊어버릴 수 있는 건 쿨한 게 아니라 상대를 좋아하지 않은 거다. 또 집착하지 않는 게 쿨한 거라면 어려운 일에 도전하는 사람은 모두 쿨하지 못한 것이다. 예컨대 박영석은 산에 집착했고, 이봉주는 달리기에 집착했다. 체 게바라는 혁명에 목숨을 걸고 매달렸다. 그들은 집착의 화신이다. 그들이 쿨하지 못한 걸까?

아니다. 그들은 누구보다 쿨한 사람들이다. 자기가 중요하게 생각하는 무언가에 집착하는 건 쿨하지 못한 게 아니라 쿨 그 자체다. 뭐든 집착하지 않기만 하면 쿨한 게 아니라, 사소한 일에는 집착하지 않지만, 중요한 일에 대해서는 인생을 걸고 매달리는 것이 내가 생각하는 쿨함이다. 뭐든 집착하지 않으면 쿨하다고 생각하는 사람은 쿨한 사람이 아니라 쿨병에 걸린 사람이다. 무엇이 중요한지 그렇지 않은지 경중을 가려 집착해야 할 것에는 매달리지만 그 밖의 것은 신경 쓰지 않는 사람이 진짜 쿨한 사람이다.

누군가가 삶의 조건을 놓고 흥정과 조정을 하는 것이 정치다. 삶의 조건을 결정짓는 문제를 '쿨'하게 좋을 대로 하라 말하고 집어던질 수 있는 사람이 있을까? 때문에 정치권에서 벌어지는 일은 극한의 대립이 되기 쉽고 아귀다툼으로 보이는 경우가 많을 수밖에 없다. 상대의 밥그릇을 가져오지 못하면 내가 밥을 굶어야 할 수도 있는데 안 그럴 수 있겠는가? 따라서 정치는 집착과 관련될 수밖에 없다.

정치에 관심을 가진다는 건 다른 사람들의 삶에 관심을 가진다는 것과 같은 의미다. 어떤 사람은 다른 사람의 삶이야 어떻게 되건 말건 내 밥그릇만 챙기면 된다는 생각으로 정치에 관심을 가지기도 하지만, 어떤 사람은 우리 모두의 삶이 지금보다 나아지기를 바라며 정치에 관심을 가진다. 다른 사람들의 삶을 나아지게 만들려고 노력하는 사람이 쿨하지 못한 사람이면 대체 누가 쿨한가?

정치는 나뿐만 아니라 내가 사랑하는 사람들, 나와 같이 살아가는 사람들의 삶을 결정짓는 중요한 문제다. 우리가 살아가는 데 필요한 모든 것을 결정한다. 가령 집에 욕조를 놓는 게 합법적인지 아닌지 하는 사소한 문제부터 의사가 아닌 사람이 병원을 소유할 수 있는지 없는지, 유산은 누가 상속해야 하는지, 사형제도를 유지해야 하는지 폐지해야 하는지 등 우리 삶과 직결된 모든 문제를 정치가 결정한다.

정치에 대한 관심은 많으면 많을수록 좋다. 그런데 '정치=나쁜 것'이라고 생각하게 만들어 사람들이 정치에서 등을 돌리게 해 이익을 보려는 나쁜 정치인들도 있다. 우리는 그들을 보면서 실망하고 욕하다 결국 정치에 무관심해진다. 이 무관심이야말로 나쁜 정치인들이 제일 바라는 것이다.

소중한 보물이 들어 있는 창고에 지키는 사람이 없으면 도둑이 든다. 정치 혐오를 조장해서 사람들이 정치에 눈 돌리게 만드는 정치인들은 이 도둑과 같다. 우리의 삶을 결정짓는 정치라는 보물 창고에서 자신들이 마음껏 도둑질을 할 수 있도록 사람들의 관심을 돌리는 것이다. 소중한 보물은 잘 지켜야 한다. 노리는 도둑이 많으면 많을수록 엄중한 경계가 필요하다. 정치에 대한 관심은 우리의 보물을 잘 지키는 것과 같다. 나는 30대 중반이 되어서야 이런 사실을 깨닫게 되었다.

　하버드 의대 교수인 제임스 길리건은 자신의 책《왜 어떤 정치인은 다른 정치인보다 해로운가》에서 미국에서 보수적인 공화당이 집권했을 때에 상대적으로 진보적인 민주당이 집권했을 때보다 자살률이 증가했음을 보여주고 왜 자살률이 증가했는지에 대해 이야기했다.

　권위주의적 보수 정당이 추구하는 사회·경제 정책은 불평등을 증가시키고 사람들을 강력한 수치심과 모욕감에 사로잡히게 만든다. 보수 정당은 위계를 중시하며 타인을 무시하고 경멸하도록 부추기고 불평등을 자연의 법칙으로 찬미한다. 이런 정당이 집권할 때 사회에는 수치심, 모욕감, 분노가 팽배하고 자살과 타살이라는 극단적 폭력이 발생할 확률이 높아진다.

　우리나라에는 IMF라는 특수 상황이 있었기 때문에 미국의 경우를 그대로 적용할 수는 없지만, 안 그래도 높던 자살률이 보수 정권이 들어선 이후 더 증가해서 10년 가까이 OECD 국가 중 압도적인 1위를 차지하고 있다. 이런 사실이 연구를 통해 증명되었는데도 왜 사람들은 보수 정당을 지지할까?

　하루하루 생존이 위협받던 원시시대부터 인간에게 가장 중요한 삶의 가치는 안정성이다. 불안을 좋아하는 사람은 없다. 보수 정당, 보수 정치인은 늘 이것을 파고든다. 불안을 자극하는 것이다. 우리나라의 보수 정당이 북한을 끌어들여 국민들의 불안심리를 자극하는 모습이나 유럽이나 미국의 보수 정치인들이 이민자들이 당신의 직장을 뺏고 있다며 불안하게 만드는 모습은 쌍둥이처럼 닮아 있다. 사람들은 안정을 원해서 보수적인 정당과 정치인을 지지하지만, 누구보다 사람들의 삶을 불안하게 만드는 건 사람들이 자신들의 삶을 안정시켜줄 거라고 믿은 바로 그 정당과 정치인이다.

그렇다면 진보적인 정당과 정치인을 지지해야 하는 이유는 무엇일까? 세상에서 벌어지는 일, 그중에서도 부조리한 일을 바라보는 데는 두 가지 관점이 있다. 하나는 자신이 감당할 수 없는 부조리한 일이나 현실에 대해서 '어쩔 수 없는 일'로 받아들이는 것이고, 다른 하나는 '바꿔야 하는 현실'로 보는 것이다.

앞의 관점을 보수적인 관점이라고 한다면 뒤의 관점은 진보적인 관점이다. 이 두 관점은 칼로 무 자르듯 양분되는 것이 아니라 연속적으로 존재하는 스펙트럼 위에 있다. 사람들은 개별 사안에 따라 스펙트럼의 다양한 위치를 선택하게 된다. 사안별로 위치는 매번 다를 수밖에 없지만 한 개인의 성향은 대체적으로 비슷한 지점에 위치할 수밖에 없다.

어떤 사안에 대해서는 '어쩔 수 없는 일'이라고 쉽게 체념하는 사람이, 어떤 사안에 대해서는 '바꿔야 한다'고 말하지는 않는다. 남의 일에 대해서 무관심한 사람이 자기 일에는 열을 내는 경우는 쉽게 볼 수 있지만, 이 경우는 그런 경우를 말하는 것이 아니다. 대체적으로 한 개인은 다양한 사회 현실들에 대해서 비슷한 정도의 체념을 하거나 아니면 바꾸기 위한 행동을 하게 마련이다.

'어쩔 수 없는 일'로 받아들이는 것을 힘이나 이해의 논리에 의해 움직이는 것이라고 한다면, '바꿔야 하는 현실'로 받아들이는 것은 양심이나 신념에 따른 선택이라고 말할 수 있다. 이 지점에서 재미있는 일이 있다. 양심이나 신념에 따라 움직이는 사람들은 힘이나 이해의 논리에 의해 움직이는 사람들이 왜 그렇게 행동하는지 이해하고 대체로 그들이 어떻게 행동할지 예측할 수 있는 반면에, 힘이나 이해의 논리로 움직이는 사람들은 양심에 따라 움직이는 사람들을 잘 이해하지 못한다. 이해한다고 말하기도 하지만 실제로 그들의 말을 들어보면 전혀 이해하지 못했다는 사실을 알 수 있다.

'제깟 놈이 별 수 있어?' 혹은 '인간 다 똑같은 거야. 너도 이 자리 오면 달라질걸?' 같은 말은 모두 똑같은 논리에 의해 움직인다는 것을 전제로 하고 있음을 보여준다. 왜 한쪽은 다른 쪽을 내다보는 반면에, 다른 쪽에서는 한쪽을 전혀 이해하지 못할까?

원시시대 이래로 인간에게 환경은 거대한 것이고 극복할 수 없는, 맞춰가야 하는 대상이다. 사회라는 환경도 마찬가지다. 바꾸고 극복하는 것은 지난하고 괴로우며, 순응하고 고개를 숙이는 것은 쉽다. 그래서 대부분의 인간은 순응하는 쪽을 택하게 된다.

하지만 특이종은 언제나 존재하게 마련이다. 사회를 어쩔 수 없는 것으로 받아들이는 인간의 본성에 따르는 것이 아니라 본성을 거스르고 바꿔야 하는 것으로 받아들이는 이들이 있다. 그들은 인간의 본성을 거부하고 어쩔 수 없는 것을 바꿔야 할 것으로 받아들인 것이다.

그들의 마음속에는 '어쩔 수 없는 것'으로 받아들이고 싶은 마음이 분명히 있다. 그렇기 때문에 어쩔 수 없는 것으로 받아들이는 이들의 마음을 미루어 짐작할 수 있는 것이다. 하지만 어쩔 수 없는 것으로 받아들인 이들은 세상을 '바꿔야 할 것'으로 생각해본 적이 없었기 때문에 바꿔야 할 것으로 여기는 이들을 이해하지 못하는 것이다.

세상이 구조적으로는 문제가 없으며, 작은 문제들을 조금씩 고쳐 나가자는 보수적 세계관은 필연적으로 개인에게서 원인을 찾게 되고, 그 반대인 진보적 세계관은 구조적인 문제를 해결하는 것이 중요하다는 입장일 수밖에 없다.

정치인은 사회의 룰을 만들고 실행하는 사람이다. 구조를 만들고 구조가 제대로 작동하도록 운영하는 사람이 구조에 문제가 없다고 생각한다면 구조적인 문제는 영원히 개선될 수 없다. 우리가 진보적인 정당과 정치인을 지지해야 하는 이유는 분명하다. 보수 정당과 정치인은 우리들에게 불안을 강요해 자신들의 생명을 연장하기 때문에 우리에게 문제의 해결책을 구조가 아니라 개개인이 찾아야 한다고 주장하기 때문이다.

모든 문제를 개인이 해결해야 한다면 정당이나 정치인은 왜 필요한가? 그런 의미에서 정치인은 강을 건너지 못하는 사람을 위해 자신의 배를 빌려주는 사람이 아니라 사람들이 편안하고 안전하게 강을 건널 수 있도록 다리를 만들어주는 사람이어야 한다.

다시 한 번 강조하지만 정치 공세, 정치적인 발언 같은 말을 자주 입에 담으면서 정치 혐오를 조장하는 정치인들을 특히 조심해야 한다. 그들은 사람들이 정치에서 눈을 돌리게 만들어 자신들의 이익을 꾀하는 자들이다.

사람은 돈이 있어야
힘이 나는 거야

경제시간

**대부분의 사람들처럼 나도 숫자가 어색하고 무섭고 싫었다.
어쩌랴. 목구멍이 포도청인 것을. 먹고살아야 할 것 아닌가.**

어려서부터 우리 집은 가난했었고, 남들 다 하는 외식 몇 번 한
적이 없었던 건 아니다. 어렸을 땐 먹고살 만했다. 나이가 들고 나
서 가난해졌다. 어렸을 때부터 쭉 가난한 것이 더 불행한지 아니면
철이 들고 나서 갑자기 가난해지는 것이 더 불행한지는 알 수 없지
만, 어쨌든 가난하면 대강 불행하다. 나도 불행해야 마땅했지만, 딱
히 불행하지는 않았다. 조금 불편했다.

재테크로 그럭저럭 수익을 내고 있는 지금의 나를 보곤 아무
도 믿지 않겠지만, 과거의 나는 경제관념이 굉장히 희박했다. 돈에
별 관심이 없었으니 경제관념이 거의 없는 것은 당연한 일이었다.

"용돈 줄까?"

"아니, 필요 없어."

"만 원만 가져가."

"오천 원만 줘."

일반 가정에서는 상상도 하기 어려운 모습이 우리 집에선 늘 펼쳐졌다. 여자친구한테 맛있는 걸 사주기 위해 참고서를 산다며 엄마를 등쳐 먹기 바쁜 고등학생 아들과 그의 금전요구에 의심의 끈을 놓지 않는 엄마가 하는 치열한 진실공방은 남의 집 이야기였다.

내가 대단히 효자라 '어찌 부모님이 피땀 흘리며 어렵게 벌어온 돈을 함부로 쓸 수 있으리오' 했던 건 당연히 아니다. 그렇다고 우리 집에 돈이 산더미처럼 쌓여 있어서 엄마가 내게 용돈을 주지 못해 안달이 났던 것도 아니다. 또 내가 일진이라 반 친구들의 호주머니를 내 호주머니처럼 사용해서 늘 돈이 풍족했기 때문도 아니다.

나는 돈이 별로 필요 없었다. 갖고 싶은 것, 먹고 싶은 것, 가고 싶은 곳이 별로 없었다. 그러다 보니 돈이 딱히 필요하지 않았다. 여자친구라도 사귀었다면 같이 밥 먹고 영화 보느라 돈이 필요했겠지만, 무서울 정도로 여자들에게 인기가 없다 보니 그런 일들과는 거리가 멀었다. 학교 끝나고 오락실 가서 게임할 수 있는 몇백 원 정도면 충분했다.

돈을 쓴다는 건 웹서핑과 같다. 매일매일 웹서핑을 하는 사람은 가볼 데가 한도 끝도 없지만, 오랜만에 하면 별로 할 게 없다. 포털사이트 두어 군데 왔다 갔다 하면 '어? 할 게 없네. 지겹다. 그만

하자' 하게 된다. 돈도 그렇다. 쓰기 시작하면 한도 끝도 없지만, 반대로 안 쓰려고 마음먹으면 쓸데가 점점 없어진다.

내가 그랬다. 돈을 쓰려고 하다가도 '그거 뭐 안 해도 그만이지', '저건 별로 필요 없는 거야', '이거 안 해도 괜찮은데?' 하는 마음이 들어 그만두기 일쑤였다. 돈이 없어도 대강 다 어떻게 되는구나 하는 생각으로 하루하루를 살았다. 이런 상황에서 경제관념이 생길 리가 없었다.

내 또래 대부분의 사람들이 그렇듯 IMF는 나에게 경제관념을 이식해주었다. 당장 길거리에 나앉게 생겼으니 경제관념이 생기지 말라고 사흘 밤낮을 기도해도 생길 수밖에 없었다.

학습에 있어서 가장 중요한 건 동기부여라고 한다. 금치산자에 가까웠던 나는 당장 밥줄이 걸리자 빠르게 경제관념을 갖게 되었다. 대차대조표나 현금흐름표 같은 거창한 경제관념은 아니었지만, 돈을 벌고 쓰는 데 짜임새가 있어야 한다는 사실을 알게 되었다. 그걸 20대 초반이 되어서야 알았느냐고 하면 또 그것도 그렇지만, 그 나이가 되어서도 모르는 것보다는 나은 거 아닐까? 운이 좋았다고 해야 할지 아니면 운이 참 나빴다고 해야 할지 모르겠지만, 어쨌든 나는 사회생활을 시작하기 전에 경제관념을 머릿속 깊숙이 쑤셔 박아야만 했다.

내 현재 재산 상황이 어떤지, 한 달에 필요한 돈은 최소 얼마이고, 또 어떻게 벌어야 할지, 지출은 어디서 줄일 수 있고, 수입은 어떻게 늘릴 수 있을지를 고민해야만 했다. 이전까지 한 번도 해보지 않았던 고민이라 낯설고 막막하기만 했다. 대부분의 사람들처럼 나도 숫자가 어색하고 무섭고 싫었다. 하지만 어쩌랴. 목구멍이 포도청인 것을. 먹고살아야 할 것 아닌가.

경제관념, 아니 경제관념은 너무 거창하니까 이제 그냥 돈이라고 부르자. 돈이나 경제 얘기가 나오면 갑자기 머리가 아프다며 손사래 치는 사람들이 많다. 그러면서 그런 복잡한 건 잘 모르겠으니 나한테 이야기하지 말라고 한다. 사람이 살면서 꼭 필요한 게 돈인데 그런 건 모르겠으니 말하지 말라는 사람이 왜 그리 많을까?

의도적으로 알기 어렵게 만들어놓은 자들이 있기 때문이다. 첨단 금융 기법이니 파생 상품이니 하는 어려운 말들로 마치 대단한 비밀과 복잡한 구조가 있다는 듯 말하지만 정작 큰일이 터지면 우리가 알게 되는 건 그들도 잘 모르고 있다는 사실뿐이다. 첨단 금융, 선진 금융은 알 수 없다는 말과 동의어다. 그것들은 아무것도 아니었다. 고추장 담그는 노하우건 돈 굴리는 노하우건 크게 다르지 않다.

첨단 금융 용어들은 나에게 어떤 도움도 주지 않았다. 대신 간단한 원칙이 곤궁한 처지에 빠져 있던 나를 지켜주었다. 나의 원칙은 다음과 같다. 첫째 수입은 가능한 많이 얻도록 노력한다. 둘째 지출은 가능한 적게 하도록 노력한다. 셋째 어떤 경우라도 지출이 수입을 넘지 않도록 한다.

이 세 가지 원칙만 잘 지켜도 돈 때문에 문제가 생길 일은 없다. '이걸 누가 모르냐 그럴 수 없으니까 문제 아니겠느냐'고 하는 사람도 있을 수 있다. 물론 그렇다. 나는 이 원칙이 지키기 쉽다고 말하는 게 아니다. 이 원칙을 지킬 수만 있다면 돈과 관련된 문제에서 어느 정도 자유로울 수 있다고 말하는 거다. 나는 이 원칙을 지켰다. 학교를 다니면서 생활비와 학비를 벌어야 하는 상황에서 나는 다른 곳에 돈 쓰는 것은 포기했다.

수입을 조절하는 것보다는 지출을 조절하는 것이 쉽기 때문에 지출해야 할 것부터 결정했다. 우선 지출을 세 종류로 나눴다. 첫째 꼭 써야 하는 일. 둘째 쓸 수 있으면 좋지만 안 써도 되는 일. 셋째 써도 그만 안 써도 그만인 일.

첫 번째에 해당하는 것은 등록금이었다. 학교에서 부분 장학금밖에 주지 않아서 장학금을 타도 해결이 되지 않았다. 또 식비, 책값이 있었다. 이 지출은 피할 수 없기 때문에 어떻게든 마련해야 했다.

두 번째에 해당하는 것은 거주비. 첫 번째에 가깝지만, 친구나 선후배들에게 신세를 질 수 있다면 크게 절약할 수 있으니 어떻게든 신세를 져서 해결하고 싶었다. 운이 좋아 친구들이나 선후배들의 집을 전전하며 살 수 있었다. 정말 고마운 일이다. 통신비의 경우 다들 휴대전화를 들고 다녔지만, 나는 삐삐를 썼기 때문에 상당한 액수를 절약할 수 있었다. 교통비의 경우에는 가능한 먼 곳으로 이동하지 않았고, 웬만한 거리는 걸어 다니면서 해결했다.

세 번째 유흥비 등 기타 잡비. 형편이 어려워지자마자 친구들을 불러놓고 '나는 이제 돈이 없어서 술자리에 나가도 돈을 낼 수가 없다. 그러니 내가 돈을 내야 하는 술자리라면 나를 부르지 말라'고 뻔뻔스럽게 얘기했다. 그 대신 내가 술자리에 끼게 된다면 '돈을 내지 않는 대신에 어떻게든 재미있게 해주마' 하고 약속을 했다. 그 후 꼭 술자리가 아니어도 노는 자리에 가게 되면 정말 연예인이라도 된 것처럼 사람들을 즐겁게 해주려 노력했다. 그 때문인지 지금도 사람들과 노는 자리에 가면 그들을 즐겁게 해줘야 한다는 본능 아닌 본능이 고개를 들곤 한다.

거주비 등은 가능한 한 줄이려고 했고, 유흥비 등은 거의 쓰지 않았다. 이렇게 소비 원칙을 정했으니 소득원을 확보해야 했다. 돈을 벌 수 있는 일이 뭐 없나 싶어 여기저기 찾아 다녔다. 운이 좋았는지 수입도 괜찮고 재미도 있는 일이 생겼다. 게임 해설이었다. 지금이야 게임으로 돈을 버는 사람도 많아 신기한 일이 아니지만 90년대만 해도 게임으로 돈을 번다는 건 생각하기 어려웠다. 게임 얘기를 하고 돈을 받다니 '나 지금 속고 있나?' 하는 기분이 들기도 했다.

테슬라의 CEO인 엘론 머스크는 사업이 망해도 먹고살 수 있는지 실험해보기 위해 하루에 1달러로 생활을 했었다고 한다. 지출 계획을 수입 계획보다 앞에 두는 사람들이 있는데, 사람에 침대를 맞춰야지 침대에 사람을 맞춰서는 안 된다. 지출은 자신이 조절할 수 있지만, 수입을 조절할 수 있는 사람은 별로 없다. 지출이 수입보다 적으면 어떤 경우에도 경제적 문제는 생기지 않는다. 조절할 수 있는 것과 조절할 수 없는 것 중에 무엇을 먼저 고려해야 할지는 말할 필요도 없다. 이 원칙을 잘 지킨 덕에 어려운 상황을 그럭저럭 헤쳐 나올 수 있었다.

그 후에 취직을 하고 고정적인 수입이 생겼다. 사회 초년생인 나에게는 꽤나 많은 돈이었다. 일반적인 또래들보다 돈을 빨리 모을 필요가 있었던 나는 어떻게 하면 좋을까 고민했다. 이 사람 저 사람과 의논을 하던 중 한 후배와 독특한 재테크를 하게 됐다.

"형, 돈 불려야 된다며?"

"불릴 수 있으면 좋지."

"그럼 나랑 뭐 좀 해볼래?"

"뭘 해봐? 할 줄 아는 것도 없는데."

"형이랑 나랑 돈 반반씩 내서 미술품 샀다 팔았다 하자고."

"내가 미술에 대해서 개뿔도 모르는데 뭔 미술품이야. 그리고 미술품 가지고 샀다 팔았다 하려면 돈이 많이 있어야 되는 거 아냐?"

후배의 아버지는 인사동에서 오랫동안 화랑을 운영했고, 후배는 그 화랑을 물려받기 위해 미대를 나와서 후계자 수업을 받는 중이었다.

"괜찮아. 내가 잘 알잖아. 그냥 나 하자는 대로 하면 돼. 돈 필요하다며."

후배가 처음에 사겠다고 한 그림은 소정 변관식의 진경 산수화였다. '소정 변관식은 청전 이상범과 더불어 근대화 6대가 중에 필두 자리를 다투는 화가'라고 후배가 이야기했다. 그러면서 지금 이 그림은 300만 원 정도면 살 수 있는데 몇 달 있다가 450만 원 정도에 팔 수 있으니 사두자고 하면서 돈을 반씩 내자고 했다. 나는 뭐가 뭔지도 잘 모르고 후배가 하자는 대로 했다. 6개월쯤 지난 뒤 후배는 예정했던 금액대로 팔았다고 말했다.

다음에는 같은 방식으로 이조백자를 샀는데, 도자기는 잘 팔리지 않았다. 1년이 좀 넘게 지나서 겨우 팔았다. 그렇게 미술품을 몇 번 사고파는 동안 나는 한 가지를 깨닫게 되었다. 재테크 혹은 투자라 불리는 것의 핵심 기술은 뭘까?

바로 그것이 얼마 정도 하는 것인지를 평가할 수 있는 능력이다. 물론 평가하는 기준은 다양하다. 사람을 평가할 때도 어떤 사람은 외모를 보고, 어떤 사람은 성격을 보고, 어떤 사람은 배경을 본다. 투자 대상들도 마찬가지다. 이런 관점에서 보면 좋았던 것이 다른 관점에서 보면 형편없는 것이 된다. 어떤 관점을 택해서 적정 가격이 얼마쯤인지 알아보는 눈만 확실히 갖추고 있다면 실패할 리가 없다.

우리가 투자를 하는 물건들은 미술품이건, 주식이건, 부동산이건 대부분 값이 변한다. 값이 변하는 와중에 싸게 사서 비싸게 팔면 돈을 벌 수 있을 것이다. 어떤 것을 싸게 사려면, 먼저 그것이 싼지 비싼지를 알아야 한다. 원래 얼마 정도 받을 수 있는 물건인데 지금은 그보다 비싸게 팔리고 있다면 사지 말아야 하고, 그보다 싸게 팔리고 있다면 사면 된다. 충분히 싸게 샀다면 돈을 벌 수 있을 것이고, 비싸게 샀다면 손해를 보게 될 것이다.

주식을 예로 들어보자. 주식 투자를 하는 사람들 중에 절대가격으로 주식을 평가하는 사람들이 있다. 5,000원짜리 주식은 싼 주식이니 안심하고 살 수 있고, 100만 원짜리 주식은 너무 비싸서 살 수가 없다고 말한다. 이런 사람들은 절대 주식 투자를 해선 안 된다. 5,000원에 팔리는 사탕 하나와 100만 원에 팔리는 아파트 중에 뭘 사야 할까? 비싸고 싼 것은 액면가격에 의해 결정되는 것이 아니라 그것이 가지고 있는 가치에 의해 결정된다. 그리고 그 가치를 알아볼 수 있는 눈을 갖춘 사람이라면 그 눈을 이용해서 돈을 벌 기회를 잡을 수 있다.

모를 땐 가만히 있으면 중간은 간다는 말은 투자에도 해당되는 말이다. 잘 알지도 못하는 곳에 투자했다 돈을 날리는 것보다는 가만히 있는 편이 낫다. 하지만 잘 알고 있다면 투자를 통해 돈을 조금 불릴 수도 있다. 나는 후배 덕에 미술품 거래를 하면서 투자가 무엇인지에 대해 알 수 있었고, 그 후 약간의 공부를 더해 나름대로 성과를 거뒀다.

경제관념이라는 게 아예 없었던 나는 이런 과정을 통해서 학교에선 배우지 못했던 돈을 다루는 방법에 대해 조금 알게 되었고,

그럭저럭 가계를 꾸려 나가고 있다. 경제나 금융이 복잡해 보이지만 막상 들여다보면 그렇게 복잡하고 어려운 건 아니다. 오히려 단순한 원칙을 지키는 일이 훨씬 어렵다. 이것이 내가 배운 경제의 교훈이다. 언제나 단순한 곳에 진리가 있다. 예전에 사귄 여자친구의 어머니는 이렇게 말씀하셨다.

"사람은 돈이 있어야 힘이 나는 거야."

정말 맞는 말이다. 가난은 부끄러운 일은 아니지만 불편한 일이다. 가난하지 않을 수 있다면 가난하지 않은 편이 좋다. 수입을 늘리는 방법이 됐건, 지출을 줄이는 방법이 됐건.

오늘도 내가
폭음과 폭식을 하는 이유

점심시간

고기도 먹어본 사람이 잘 먹는다고 정보도 많이 접해본 사람이
잘 다룰 수 있는 법이다. 뭐든 열심히 하다 보면 얻는 게 생긴다.

나는 숨만 쉬어도 살이 찌는 체질이다. 정말 쉽게 살이 찐다. 조금만 방심하면 어느새 두툼하게 뱃살이 잡힌다. 물론 나이가 들수록 점점 심해진다. 나의 운동량을 고려하면 살이 찌는 것이 이해되지 않을 정도다. 집에서 회사까지 도보로 45분쯤 걸리는 거리를 매일 걸어서 출퇴근하고, 일주일에 2~3회 정도 헬스클럽에서 강도 높은 운동을 하고, 주말에는 달리기와 농구를 한다. 그래도 대책 없이 나오는 나의 배는 줄어들 생각이 없다.

한때는 저주받은 나의 몸뚱이를 원망했지만, 나이가 들면서 현실을 받아들였다. 할 수 없다. 남들보다 많이 움직이고 남들보다 조금 먹는 수밖에 없다.

하지만 음식이 너무 맛있는 걸 어떡하지? 그렇다. 누가 안 그렇겠느냐마는 나는 음식이 참 맛있다. 그래서 참 잘 먹는다. 맛있는 음식들만 맛있는 것이 아니다. 입안에 들어가는 것이라면 뭐든지 다 맛있다. 가끔 안 먹는 음식도 있지만, 그건 그 음식이 맛없어서라기보다는 뼈를 발라야 한다든지 껍질을 벗겨야 하는 것이 귀찮아서일 뿐 모든 음식은 나에게 '평등하게' 맛있다.

모든 음식을 다 맛있어 하는 주제에 먹기도 빨리 먹는다. 음식이 나오면 걸신이라도 들린 양 허겁지겁 먹어치운다. 빛도 빨아들이는 블랙홀처럼 눈앞의 음식을 삽시간에 먹어치운다. '먹어치운다'는 표현이 어울릴 정도로 빨리 먹어치워버린다.

비만의 두 가지 조건인 폭식과 속식을 두루 갖춘 천재적 폭식가가 살이 찌는 것은 당연한 일이다. 하지만 절대로 나 자신에게서 부정적인 문제의 원인을 찾지 않는 나는 폭식과 속식을 하는 자신보다는 별 문제가 없을지도 모르는 체질 탓을 하며 조상님과 부모님을 두루 원망하고 오늘도 가르강튀아풍의 폭음과 폭식을 한다.

어렸을 때부터 그랬다. 나는 모든 음식이 맛있어서 참을 수가 없었다. 한때는 '세상의 음식은 어떻게 이렇게 전부 맛있는 걸까?'라는 의문에 사로잡히기도 했다. 세상은 똑똑한 사람과 그렇지 않은 사람, 재미있는 것과 따분한 것, 아름다운 것과 추한 것으로 나뉘는데 왜 음식은 맛있는 것과 맛없는 것으로 나뉘지 않을까? 왜 음식이란 이름이 붙은 것들은 전부 맛있을까?

긴 시간 고민을 하던 끝에 포기했다. 음식이 다 맛없으면 문제겠지만, 다 맛있는데 뭐가 문제겠느냐 싶었다. 그저 대부분의 사람은 음식을 맛있는 것과 맛없는 것으로 나눈다는 사실이 신기하기만 했다.

그렇게 평생 행복하게 살았으면 좋았겠지만, 창작하는 일에 뜻을 둔 후 이래도 괜찮을까 하는 의문이 생겼다. 무언가를 만드는 일을 하는 사람은 끊임없이 감수성을 계발해야 하는데, 매일 먹는 음식이 맛이 있는지 없는지도 모르고 그냥 '우와 맛있다 쩝쩝쩝' 해도 괜찮을까? 자기가 먹는 게 맛있는지 아닌지도 잘 모르는 사람이 자기가 만드는 게 좋은지 좋지 않은지 알 수 있을까? 매일 먹는 음식 맛도 구별 못하는 사람이 어떻게 다른 사람들의 취향에 맞는 무언가를 만들 수 있겠나. 이대로는 안 되겠다 싶었다. 그래서 음식의 맛을 알기로 결심했다.

결심은 했는데 막막했다. 음식의 맛은 어떻게 해야 알 수 있는 걸까? 30년 가까이 모든 음식을 맛있게 먹었던 사람이 어느 날부터 맛있는 음식과 그렇지 않은 음식을 구별하는 것이 가능할까? 나에게 음식은 맛있는 것과 '더' 맛있는 것 두 종류뿐인데 맛없는 음식이 생길까? 이렇게 결심을 한 후에는 좀 달라지지 않을까 싶어 김치찌개도 먹어보고, 돈까스도 먹어보고, 콩국수도 먹어봤지만, 음식들은 나를 배신하지 않았다. 여전히 모든 음식은 평등하게 맛있었다. 어떤 음식은 다른 음식보다 더 평등하게 맛있었다.

몇 번 더 도전해보았지만, 실패였다. 다 맛있었다. 이 귀여운 녀석들…. 이 녀석들은 나를 절대 배신하지 않는구나. 아니, 배신한 건가? 내가 맛 좀 구별하겠다는데 왜 구별을 못하게 하지? 생각해보니 음식이 나를 배신한 게 아니라 내 혀가 나를 배신한 건가?

이 방법으로는 안 되겠구나 싶었다. 다른 방법을 찾기로 했다. 어떻게 해야 맛있는 음식과 맛없는 음식을 구별할 수 있을까? 문제의 해결은 문제의 인식에서 시작된다는 말에 따라 나의 현 상태를 파악해 해결하기로 했다.

첫째, 세상엔 맛있는 음식과 맛없는 음식이 있다. 둘째, 나는 맛있는 음식과 맛없는 음식을 구별하고 싶다. 셋째, 현재 나는 맛있는 음식과 맛없는 음식을 구별하지 못한다. 넷째, 구별하려고 했지만 실패했다. 다섯째, 앞으로도 구별할 수 있을 것 같지 않다.

내 미각으로는 맛있는 것과 맛없는 것을 구별할 수 없을 거 같으니 다른 방법을 찾는 편이 나을 것 같았다. 희망적인 점이라면 맛을 전혀 모르는 게 아니라 모든 맛을 긍정적으로 받아들인다는 것이다. 미역국과 된장국을 구별하지 못하는 것이 아니라 미역국은 미역국대로 맛있고, 된장국은 된장국대로 맛있다. 돼지고기를 넣은 김치찌개와 멸치를 넣은 김치찌개의 맛도 구별할 수 있다. 미각에 문제가 있는 것은 아니다.

직접적으로 맛있음과 맛없음을 구별할 수 없다면 간접적으로 구별하면 되는 것 아닐까? 곡괭이를 쓰건 삽을 쓰건 땅을 파는 게 중요하지, 어떤 도구를 쓰느냐가 중요한 건 아니니까. 나는 맛을 잘 구별할 수 없으니, 다른 사람들과 음식을 먹을 때 사람들이 맛있다고 하는 음식은 어떤 음식이고 맛없다고 하는 음식은 어떤 음식인지 살펴보고, 그 음식을 먹어보았다. 그러자 사람들은 이런 음식을 맛있다고 혹은 맛없다고 하는구나 하고 알게 되었다. 또 음식점에 가면 사람들이 이런 음식점은 좋아하고 저런 음식점은 싫어하는구나 하고 알게 되었다.

원래의 의도와는 좀 달라지긴 했지만, 이러저러한 과정을 거쳐 나는 사람들이 '일반적으로' 맛있다고 말하는 음식과 음식점, 맛없다고 말하는 음식과 음식점을 구별할 수 있게 됐다.

얼핏 생각하면 아무 쓸데없는 재주 같지만, 실제로도 아무 쓸데가 없다. 여전히 나는 모든 음식이 맛있으니까. 그런데 이렇게 노력하는 과정에서 나는 아무짝에도 쓸모없지만 기묘한 능력 한 가지를 손에 넣었다.

21세기 IT버블 속에서 블로그와 맛집이라는 키워드가 합쳐져 기묘한 시너지를 발휘하고 있다. 처음에는 식도락가들이 자신이 가본 음식점 중 마음에 드는 곳을 자신의 블로그에 올리고 이를 본 사람들이 그곳을 찾아가는 정도로 시작했다. 시간이 지나면서 맛집 블로그가 음식점 마케팅 수단으로 유용하다는 것을 발견한 사람들이 생겨났다. 블로거와 음식점 주인의 이해관계가 맞아떨어지면서 수많은 '파워블로거'가 생겼다. 이들 중에는 자신이 파워블로

거임을 내세워 음식점에 가서 공짜로 음식을 먹거나 심한 경우에는 돈을 요구하는 사람들까지 생겨났다. 이 과정에서 순수하게 음식을 좋아하고 맛있는 음식점을 찾아다니는 것을 좋아하는 블로거들까지 매도당하는 일도 생겼다.

세상에는 수많은 음식점이 있고, 이 중에 어디가 맛있는 곳인지 알기란 쉽지 않다. 그래서 사람들은 인터넷에서 맛있는 음식점에 관한 정보를 찾는다. 그러다가 홍보성 글에 속기도 하고, 속지는 않았더라도 자신의 취향과 맞지 않는 음식점에 갔다가 실망하기도 한다. 예전에는 믿을 만했던 블로그가 어느 순간부터 업자들이 제공하는 향응과 접대에 취해서 타락하는 경우도 있고, 취향이 너무 고매해져서 일반 사람들은 따라갈 수 없게 되어버린 경우도 있다. 본업에 바빠서 글이 올라오지 않는 블로그들도 있다. 이런저런 이유로 맛집 블로그들도 떠오르거나 가라앉는다.

나는 이런 상황에서 나의 기묘한 능력을 발견했다. 이름하여 '맛집 블로그 전문가'. 세상에는 수많은 '맛집 블로거'들이 있다. 그들은 자신의 블로그에 맛집을 소개한다. 하지만 그들이 올린 포스팅이 믿을 만한지 그렇지 않은지 알 도리가 없다. 음식이란 것이 입에 들어가 맛을 보기 전엔 알 수 없는 것 아닌가?

나는 좀 다르다. 앞에 이야기한 대로 먹어보지 않고도 관찰을 통해 맛있는 음식과 맛없는 음식을 구별하는 능력을 길렀다. 맛있는 음식을 맛 자체로 알게 된 것이 아니라 음식의 비주얼이나 사람들이 그 음식을 대하는 태도, 사람들이 묘사하는 음식의 상태로 맛을 구별하는 능력을 갖게 되었다.

그렇게 어느 정도 시간이 쌓이다 보니 맛집뿐 아니라 맛집 블로그를 구별할 수 있게 되었다. 맛집 블로그들을 보다 보니 맛집에 대해서도 잘 알게 되었는데, 재미난 것은 실제로 음식점에 가서 음식 맛을 보는 것보다 블로그 글을 보고 맛집을 판별하는 것이 더 정확하다는 어이없는 사실이다. 가끔 주변 사람들에게 맛집에 관한 질문을 받는다. 지방에 사는 지인이 나에게 자기가 사는 동네 근처 음식점을 추천해달라고 하는 일도 있다.

"○○에 가면 어느 음식점이 좋아?"

"음…. 어떤 종류의 음식이 좋은데?"

"일식이 좋을 거 같아?"

"가격대는?"

"○만 원 정도?"

"그럼 A나 B가 좋을 거 같은데, C도 괜찮을 거 같아."

"그럼 네가 가봤을 때 느낌은 셋 중에 어디가 제일 좋아?"

"셋 다 안 가봤는데?"

"…."

정보가 너무 많아 정보 자체를 많이 갖고 있는 것보다 필요한 정보를 판별하는 능력이 더 중요해진 시대다. 세상에 떠돌아다니는 수많은 정보를 판별하고 구별하는 능력을 어떻게 기를 수 있을까?

어쩌다 보니 나는 맛을 알기 위해 시작한 일이었는데 엉뚱하게 정보를 거르는 능력을 갖게 되었다. 고기도 먹어본 사람이 잘 먹는다고 정보도 많이 접해본 사람이 잘 다룰 수 있는 법이다. 맛을 알기 위해 블로그도 관찰하고, 사람들의 반응도 관찰하고 음식의 상태도 관찰하다 보니, 믿을 만한 맛집 블로그를 판별하는 재주를 갖게 되었다.

크게 쓸모 있는 재주는 아니지만, 아는 사람들과 식사를 하거나 술을 마실 때, 아니면 친구들이 즐거운 한 끼 식사를 위해 나에게 도움을 청할 때 사소한 도움을 줄 수 있게 되었다. 제법 즐거운 일이다. 뭐든 열심히 하다 보면 얻는 게 생긴다. 이 정도면 근사한 일 아닌가?

나는 왜
역사를 공부하는가

국사시간

**세상이 무언가 잘못된 건가?
아니다. 세상은 원래 이랬다.**

'정의는 언젠가 승리한다.'

소년이 성장해 남자가 되는 순간이 있다면 마음속에 있던 저 믿음이 박살 나는 순간 아닐까? 정의가 승리한다는 건 너무 당연해서 의심해본 적도 없는 말이다. 만화건 소설이건 영화건 내가 본 모든 이야기에선 정의는 비록 처음에는 어려움과 고난을 겪지만 마지막 순간에 가면 이긴다. 왜냐고? 정의니까.

그런데 그렇지 않았다. 내가 본 이야기들 속에선 당연하던 정의의 승리가 현실에선 당연한 일이 아니었다. 정의가 승리하는 건 보기 드문 일이었다. '세상이 무언가 잘못된 건가?' 하는 생각도 들었다. 그게 아니었다. 세상은 원래 이랬다. 정의로운 쪽이 이기는 게 아니라 힘센 쪽이 이겼다. 당연한 일이다. 정의로우냐 아니냐로 싸워 판가름 나는 게 아니라 누가 힘이 센가를 겨뤄 판가름 나는 거니까.

우리나라 사람들은 유독 관대하다. 아니 관대하다기보다 '으레 그러려니' 하고 넘어가는 경향이 있다. 힘센 사람이 힘 없는 사람에게서 무언가를 빼앗거나, 원청업체에서 하청업체의 단가를 후려치거나, 프랜차이즈 본사에서 가맹점에게 불필요한 인테리어 교체를 강요하거나, 종업원의 월급을 제대로 주지 않는 일을 '으레 그런 일' 정도로 받아들인다. 나라를 팔아먹고 민족을 배반한 자들도 잘 먹고 잘사는데 저 정도의 일은 '으레 그런 일'이 될 수밖에 없다.

나는 나이가 들고 필요하다고 생각하거나 재미있다고 생각하는 걸 공부하면서 살고 있다. 그중 하나가 역사다. 스스로 역사적 사건의 영향과 의미에 대해 생각해보고 알게 되었다.

그러다 현재 우리 사회 대부분의 문제들, 그 문제의 원인을 찾아 올라가면 모든 길이 로마로 통하듯 대부분의 문제가 한군데서 시작되었다는 사실을 알게 되었다. 해방 이후 친일파들이 철저히 단죄되었다면 현재 우리나라가 겪고 있는 뿌리 깊은 사회문제의 대부분은 겪지 않아도 될 문제였을 수도 있다는 것이다. 그런데 왜 우리나라는 독립 이후 친일매국노들이 득세하고 독립운동가들이 핍박받게 되었을까?

해외파 독립운동가이자 당시 대통령이었던 이승만은 제헌국

회에 설치되었던 반민족특별조사위원회(반민특위)의 활동을 비난하는 담화문을 여섯 차례에 걸쳐 내고, 급기야 일경 출신 친일파 경찰들을 시켜 반민특위를 습격한다. 이 습격으로 반민특위는 원래 목적이었던 친일파 단죄에 실패하고, 친일파들이 해방된 우리나라에서 큰소리치며 살게 되는 이상한 일이 벌어진다.

성공 모델 혹은 롤 모델은 굉장히 중요하다. 한 사람이 어떤 방식으로 성공하면 그걸 본 다른 사람들도 그를 따라하며 성공하기 위해 노력한다. 한 사회에서 대단히 성공한 어떤 사람은 다른 사람들의 본이 된다. 많은 사람들이 그 사람처럼 되기 위해 그의 말과 행동을 따라하고 살아가는 방식을 모방한다.

일제시대가 끝나고 단죄될 거라고 생각했던 친일매국노들은 처벌을 받기는커녕 승승장구했다. 죽을 때까지 잘 먹고 잘산 경우가 대부분이며, 그 후손들은 조상이 물려준 재산으로 떵떵거리며 대를 이어 잘살고 있다. 그런데 독립운동가와 그 후손들은 비참한 처지에 놓였다. 독립운동가들은 해방 후에도 응당한 대접을 받기는커녕 핍박을 받다가 쓸쓸하게 죽어갔고, 그 후손들은 부모와 조상들이 독립운동을 하느라 제대로 된 교육을 받을 기회조차 박탈당한 채 가난하게 살 수밖에 없었다.

세상에 이럴 수는 없다. 만일 우리나라가 다시 한 번 다른 나라의 식민지가 된다면 우리나라 사람 중 누가 나라를 위해서 독립운동을 하겠는가? 부끄럽고 치욕스런 일이다.

이런 역사를 거쳐 우리나라 사람들은 어떻게 생각하게 되었을까? '친일매국노들이 득세하는 세상을 바로잡아야겠다' 혹은 '저렇게 나라 팔아먹어도 잘 먹고 잘살 수 있구나. 나도 저렇게 살아야겠다'고 생각했을 것이다. 전자를 택하는 사람도 있었을 테고, 후자를 택하는 사람도 있었을 테지만, 자신의 이익을 추구하는 인간의 본성은 대부분의 사람을 후자를 택하게 만들 것이다.

친일매국노들이 단죄되어야 하는 이유는 자신의 이익을 위해 서로 간의 신뢰를 무너뜨렸기 때문이다. 같은 민족을 팔아넘기고 괴롭혔다. 이는 한 사회의 구성원으로서 신뢰를 배반한 행동이다. 일제 치하에서야 그렇다 쳐도 해방된 이후에는 반드시 처벌받아야만 했다. 우리나라의 구성원으로서 하면 안 되는 행동을 했을 경우 반드시 처벌받는다고 보여주어야 이후에 이런 행동을 하는 사람이 다시는 나오지 않는다.

그런데 친일매국노들은 처벌받지 않았다. 떵떵거리며 잘만 살았다. 그걸 본 다른 사람들이 그들의 행동을 따라하는 걸 비난할 수 있겠는가? 영리하다며 권장해야 할 행위 아닌가? 우리나라의 성공 모델이 타인의 신뢰를 저버리고 자신의 이익을 꾀하는 거라면, 나라를 팔아먹고 민족을 배반하는 거라면, 우리는 앞으로 어떻게 살아야 할까?

역사를 공부하면서 알게 된 사실이지만 이런 일이 과거에도 있었다. 조선시대 임진왜란이 터지고 임금이 나라를 버리고 도망

가느라 정신없던 때에 나라를 지키기 위해 자신의 재산과 목숨을 바쳐 싸운 의병들은 전란이 끝나고 대접을 받은 게 아니라 처벌을 받았다. 심한 경우 죽임을 당하기도 했다. 그 후 정묘호란이 일어났을 때는 나라를 지키겠다고 일어선 의병이 없었고, 당시 임금이던 인조는 삼전도에서 세 번 절하고 아홉 번 머리를 땅에 찧어 피가 나고서야 겨우 용서를 받았다. 만일 임진왜란 때 선조가 의병들을 모질게 대하지 않았다면 정묘호란의 모습은 좀 다르지 않았을까?

사회가 이기심으로 돌아간다고 생각하는 사람도 있지만, 서로 간의 신뢰와 양보야말로 사회가 정상적으로 돌아가는 근본적인 원동력이다. 만일 인간이 이기심에 따라 산다면, 우리는 서로를 감시하기 위해 터무니없이 많은 비용을 지불해야 한다. 누군가에게 일을 시키면 제대로 하는지 감시하기 위해 사람을 붙여야 하고, 감시하는 사람이 제대로 감시하는지 확인하기 위해 또 사람을 붙여야 하고, 이렇게 끝없이 감시하는 중에도 누군가는 소홀함을 틈타 자신만의 이익을 꾀할 것이다. 사회는 이런 방식으로 돌아가지 않는다. 서로 간의 신뢰를 바탕으로 돌아간다. 제대로 된 성공 모델이 필요한 이유가 바로 이것이다.

학교에서 국사시간에 현대사를 제대로 가르치지 않는 이유도 그렇다. 어떤 힘센 사람들은 이런 사실들이 매우 불편했을 것이다. 그래서 우리나라 국사시간에는 현대사를 제대로 배울 수 없다. 그러나 현대사를 제대로 배울 수 없다는 사실이야말로 우리가 현대사를 정말 열심히 배워야 하는 이유다. 우리나라의 현재 문제점이 무엇이고, 그 문제는 어디서부터 시작되었으며, 어떻게 해결해야 하는지를 알기 위해서 현대사는 반드시 공부해야 할 무언가다. 나이를 먹고 사회에 대한 책임감이 생기면서 우리가 진짜 알아야 할 것들에 대해 생각해본다. 우리가 진짜 알아야 할 건 이런 것들이 아닐까?

거저 사랑받기 위해 태어난 사람은 없다

생물시간

남자는 여자보다 자신을 더 가꿀 필요가 있다.
내적인 면만이 아니라 외적인 면도 마찬가지다. 그게 남자의 의무다.

나는 평생 여자를 사귈 수 없으며, 나를 좋아하는 여성은 엄마 외엔 있을 수 없다고 믿었다. 우선 남들보다 정신적 성장이 늦된 탓에 여자에게 관심을 가진 나이 자체가 늦었다. 고등학교를 졸업할 무렵이 되어서야 주변의 여학생들에게 관심을 가졌다. 그전까지는 주변 여학생이 아니라 연예인에게 관심을 가졌다, 고 하면 거짓말이고 여자에 별 관심이 없었다. 리비도가 용솟음치고 호르몬의 분비가 가장 왕성한 중고등학교 시기에 왜 그랬나 생각하면 참 이상한 일이지만, 어쨌든 그랬다.

대학에 들어오고 나서야 주변에 있는 여자들이 눈에 들어오기 시작했지만, 그때도 세상에 나를 좋아하는 여자는 있을 리 없다는 확고한 믿음을 가지고 있었다. 여자란 존재는 남자보다 고귀하며 한 차원 혹은 두세 차원 위에 있는 존재이기 때문에 하찮은 남자 중에선 일부 잘나가는 아이들만 선택되고 나머지는 버려진다고 생각했다. 물론 나는 일부 잘나가는 아이에 절대 포함될 수 없으며 절대적이고 상대적으로 버려지는 쪽이 될 것이라고 믿었다.

그런데 대학에 들어와 처음으로 나에게 이성적 호감을 표시한 친구가 있었다. 순간 이런 생각이 들었다. '얘가 날 좋아할 리는 없고, 뭘 노리는 거지? 몰래카메라인가? 쪽팔려 게임인가? 내가 좋다고 해서 넘어가면 딴 애들이랑 같이 놀리려는 건가?'

다행히 그 아이는 진짜로 나를 좋아한 것이었으며, 나에게 딱히 뭔가를 바라거나 노린 건 아니었다. 만일 그런 것이었다면 나는 평생 여성 불신에 빠져, 세상에 나를 좋아하는 여자는 없으며 있더라도 순간 잘못 생각했던 것이고, 엄마 외에 나를 좋아하는 여자는 있을 수가 없다는 믿음이 더욱 확고해졌을 것이다.

하지만 세상에 나를 좋아하는 여자가 있을 리 없다는 믿음은 그 이후에도 완전히 사라지진 않았다. 모든 일에 대체로 부정적인 혹은 현실적인 나의 성향을 고려하면, 나를 좋아하는 여자가 있을 리 없다고 생각한 건 이상한 일이 아니지만, 한 가지 변화가 생겼다. '여자에게 인기 있는 남자가 되고 싶다'고 생각한 것이다.

야마다 에이미의 소설 《나는 공부를 못해》의 주인공 도키다 히데미는 아버지 없이 엄마, 할아버지와 사는 고등학생이다. 그는 공부를 참 잘한다…, 일 리가 없고 공부를 못한다. 제목이 '나는 공부를 못해'인데 주인공이 공부를 잘하면 좀 이상하니까.

히데미는 공부는 못하지만 인생에 공부보다 더 중요한 것이 있다는 사실을 본능적으로 알고 있는 영리한 고등학생이다. 공부를 잘하는 게 인생에 가장 중요한 일이라고 믿는 학생회장이 히데미에게 와서 공부 좀 하라며 잔소리를 하자 그는 이렇게 되받아친다. '넌 여자에게 인기가 없잖아.'

이성에게 인기 없는 걸 좋아하는 사람은 없다. 남자는 여자에게 인기 있기를 원하고 여자는 남자에게 인기 있기를 원한다. 다수의 이성이 나를 좋아하기를 원하는 사람도 있고, 내가 좋아하는 이성만 나를 좋아하기를 원하는 사람도 있지만, 이성에게 인기 없기를 원하는 사람은 거의 없다. 나를 좋아하는 여자가 있을 리 없다고 믿는 나조차 이성에게 인기 있는 사람이 되기를 원했다.

이성에게 인기가 있기를 원하는 마음은 인간의 본능이다. 반면 여자든 남자든 이성에게 인기가 없다는 말은 욕이다. 하지만 남자에게 그 말을 했을 때와 여자에게 그 말을 했을 때 일반적으로 받아들이는 충격의 강도나 모욕을 느끼는 정도는 크게 다르다. 여자에게 '너는 평생 남자 한번 못 사귀어보고 늙어 죽을 거야'라고 했을 때와 남자에게 '넌 평생 여자 한번 못 사귀어보고 늙어 죽을 거야'라고 했을 때, 어느 쪽이 더 격렬한 반응을 보일까? 일례로 남성에게 인기 없는 여성들이 집단적으로 남성에 대한 분노나 미움을

드러내는 일은 별로 없지만, 여성에게 인기 없는 남성들이 여성에 대한 집단적인 분노를 드러내는 일은 종종 있다.

인류가 수렵을 통해 먹을거리를 구하던 시절부터 현대에 이르기까지 먹을 것을 구하는 건 대체로 남자들의 몫이었다. 당연하지만 인간은 광합성을 할 수 없다. 모든 먹을 것은 스스로 만들어 낼 수 없고, 외부에서 구해와야만 한다. 수렵채취든 농사든 유목이든 먹을거리를 구하는 행위에는 공통점이 있다. 나 자신의 상태보다 대상의 상태가 중요하다는 것이다. 나무 열매라면 이 열매가 먹어도 되는 것인지 먹을 수 있을 만큼 익은 것인지 살펴보아야 하고, 사냥이라면 사냥감을 어떤 방법으로 잡을 것인지 저 동물을 잡는 것은 얼마나 어려운지, 저 동물을 잡다가 내가 다치거나 죽을 위험은 없는지 살펴보아야 한다. 농사나 유목의 경우도 마찬가지다.

이 모든 행위에서 행동을 하는 주체는 자연스럽게 자신보다는 대상 중심적인 사고를 하게 된다. 오랫동안 먹을 걸 구해 오는 일을 하다 보니 그렇게 된 건지, 생물학적으로 대상 중심적 사고를 하게 만들어진 탓에 먹을 걸 구해 오는 일을 하게 된 건지, 선후는 알 수 없지만 일반적으로 남자들은 대상 중심적 사고를 한다.

여자는 좀 다르다. 리처드 도킨스의 책 《이기적 유전자》를 굳이 인용하지 않더라도, 인간의 가장 중요한 본능 중 하나가 자손을 이어가는 일이라는 건 상식이다. 성경에 나오는 생육하고 번성하라는 말은 스스로의 안녕을 꾀하고 자식을 낳아 자신의 유전자를 널리 퍼뜨리라는 이야기다. 생물은 유전자의 탈것에 불과하다는 사고방식에 따르면, 새끼를 지키기 위한 자기희생은 자연스러운 일이다.

자식을 낳는 일은 여성이 주로 맡아서 할 수밖에 없다. 남자가 자식을 낳기 위해 할 수 있는 일은 정자를 전달하는 역할밖에 없다. 그 외의 모든 역할은 여성이 맡는다. 이 과정에서 가장 중요한 것은 여성의 몸 상태다. 여성의 몸 상태가 임신과 출산의 거의 전부라고 해도 지나치지 않을 정도로 중요하기 때문에 여성은 자기중심적 사고방식을 가질 수밖에 없다. 이것은 옳고 그름의 문제가 아니라 각자의 성역할에 따른 자연스런 현상이다.

인간은 유전자의 탈것에 불과하고 유전자가 인간을 조정한다는 관점에서 볼 때, 이성에게 인기가 없다는 건 여성보다는 남성에게 더 괴로운 일일 확률이 높다. 남성은 여성이 자신의 아이를 가지는 일에 열 달간 지속적으로 동의하지 않으면 아이를 가질 수 없다. 이것이 무얼 의미하는가. 남자한테 인기 없는 여자가 2세를 가질 수 있는 확률보다 여자한테 인기 없는 남자가 2세를 가질 확률이 훨씬 낮다는 것이다.

혹시 자신이 여자들에게 인기가 없다면 여자를 원망할 것이 아니라 왜 인기가 없는지를 고민하고 이를 해결하기 위해 부단히 노력해야 한다. 말을 잘 못하는 것이 문제라면 말을 잘하기 위해 노력해야 하고, 외모가 문제라면 외모를 가꿔서 조금이라도 나아지도록 노력해야 한다. 옷이든 헤어스타일이든 노력하면 나아지게 되어 있다. 남자는 여자보다 자신을 더 가꿀 필요가 있다. 내적인 면만이 아니라 외적인 면도 마찬가지다. 그게 남자의 의무다. 잘 안 된다고 포기하지 말고 자꾸 노력해야 한다.

처음 보는 여자와 어떻게 말해야 할지 몰라서 마치 화내는 것처럼 말하던 친구가 있었다. 친구는 이 문제를 진심으로 고민했다. 이런 건 말로 하는 것보다 직접 보여주는 게 나을 거 같아서 같이 나이트클럽에 가자고 했다.

"중요한 건 성의야. 무슨 말을 하는지도 중요하지만 더 중요한 건 성의 있게 상대방을 대하는 거야."

"그게 무슨 소리야?"

"네가 말주변이 떨어진다고 '에잇 나는 말을 못하니까' 하고 포기하는 건 쉽지. 그걸 누가 못하겠어. 어려운 건 포기하지 않고 노력하는 거야. 말주변이 없더라도 무슨 말이든 붙여보려고 노력 하면 그 태도에 호감을 느끼는 사람도 있거든."

"그냥 계속 말만 걸면 되는 거야?"

"집요해 보이면 싫어하겠지만, 상대방이 곤란해하지 않는 범 위 내에서 성의 있게 말을 거는 걸 누가 싫어하겠어?"

"근데 나는 대체 무슨 말을 해야 할지를 모르겠더라고. 그러다 보니 입을 다물고 있게 되고."

"처음 보는 사람은 네가 하는 얘기를 한 번도 들어본 적이 없을 거 아냐."

"그렇지."

"네 얘기를 한 번도 들어본 적이 없다는 얘기는 네가 어떤 얘기를 하더라도 처음 듣는 얘기란 거잖아."

"그러네."

"그럼 네가 살면서 제일 재밌었던 일을 얘기해주면 되잖아."

"만나자마자 다짜고짜 그런 얘기를 해?"

"처음에는 기본적인 질문을 해야지. 그래서 상대방에 대한 기초적인 정보를 알아야지."

"그러고 나서는?"

"네가 하려는 재미있는 얘기를 하기 위해 화제를 어떤 식으로 이끌어갈지를 생각해봐."

"예를 들면?"

"네 인생에 있었던 일 중에 가장 재미있었던 일이 고등학교 때 친구랑 있었던 일이라고 치자. 그럼 여자분에게 고등학교 때 어떤 학생이었냐고 묻는 거지. 뭐라도 답을 듣고 나서는 너는 고등학교 때 이런 학생이었다. 근데 이런 일이 있었다. 이런 얘기를 하면서 자연스럽게 그 이야기로 넘어가는 거지."

"아, 그러네."

"한마디만 더 하자면, 있는 그대로의 내 모습을 좋아해주는 사람을 찾는다는 소리는 하지 마. 세상에 사랑받기 위해 태어난 사람

같은 건 없어. 사랑받으려면 노력해야 되는 거야. 너는 씻지도 않고 옷도 신경 안 쓰고 꾸미지도 않는 사람이 좋아? 아니면 자신을 가꾸기 위해 화장도 하고 옷도 신경 쓰고 운동도 하는 사람이 좋아? 사람은 다 마찬가지거든. 노력이 필요한 거야. 사랑받기 위한 어떤 노력도 하지 않으면서 나는 사랑받기 위해 태어난 사람이니까 그냥 있는 그대로의 내 모습을 보여주고 사랑받겠다고 하는 것만큼 어이없고 이기적인 일도 없지."

　내 잔소리 덕인지 아니면 자신의 소질을 깨달았는지, 친구는 얼마 지나지 않아서 처음 만난 이성에게 화를 내지 않고 말을 잘하게 되었다. 세상에 안 되는 일은 없는 법이다.

운동만큼 인생에서 무언가를
확실히 보장해주는 건 없다

체육시간

**해야 하나? 하기 싫다. 하고 싶지 않은데? 그래도 해야겠지?
이런 생각을 할 시간에 차라리 빨리 해버리는 편이 낫다.**

내 인생의 자랑은 나랑 동갑인 사람 중에 나만큼 경망스런 사람은 없다는 거다. 이전까지는 터럭만큼의 의심도 없이 나의 경망스러움을 자랑하면서 살아왔다. 다행히도 아직까지는 나무랄 데 없는 경망스러움을 자랑하며 살고 있다. 경망스러움 외에도 부주의함, 경솔함, 사려 깊지 못함, 수다스러움 등 여러 가지를 갖추고 살고 있는 것은 물론이다.

이렇게 경망스럽기 짝이 없는 나지만, 나이가 비슷한 선후배와 친구들이 이런저런 생존과 실존에 대한 고민을 하는 걸 보면 마음속에 불안의 씨앗이 자라지 않는 것은 아니다. '어떻게든 되겠지'라는 대책 없는 낙관으로 얼렁뚱땅 넘겨보려 해도 세월 앞에 장사 없는 것 아닌가.

세상에 영원한 것은 없다. 나이가 들면서 먼저 농구와 술이 나를 버렸다. 내가 제일 좋아하는 게 농구하고 술 마시는 거다. 왠지 군대에서 축구한 얘기를 하는 기분이지만 사실이 그렇다. 농구와 음주에 눈을 뜬 고등학교 이래 내 삶에서 농구와 음주를 멀리한 적은 없다. 20대 때는 말 그대로 주농야주로 시간을 보냈다. 해가 떠 있을 때는 농구를 했고, 해가 지면 술을 마셨다. 가끔 낮에 술을 마시면 밤에 농구를 하는 일도 있었다.

둥그런 공과 농구대만 있으면 세상에 나처럼 즐거운 사람이 없었고, 술 몇 잔만 마시면 나처럼 행복한 사람이 없었다. 나이가 들면서 농구를 좋아하던 친구가 농구장에서 떠났고, 더 이상 술을 마시지 않는 친구도 생겼지만, 나는 영원히 농구와 술을 사랑할 거라 믿었다.

그런데 이십대 중반을 지난 어느 날부터 몸무게는 걷잡을 수 없이 늘어났고, 농구하면서 점프라도 하려고 하면 발밑에서 누군가 나를 잡아당기는 것처럼 뛸 수가 없을 지경이 되었다. 사람들이 '오목교 주정뱅이'라 부르며 경악하던 내 주량도 급전직하하여 몇 잔만 마셔도 해롱대고 그전까지는 알지 못했던 숙취로 다음 날을 비몽사몽 보냈다.

이제 나는 더 이상 예전처럼 밤새도록 술을 마실 수도 지치지 않고 농구를 할 수도 없게 되었다. 한 여배우는 자신은 나이가 들어

너무 행복하다고 했다지만, 그녀는 정말 그렇게 생각했을까? 결혼하는 날 비 오면 잘산다는 말처럼 자신을 속이는 건 아닐까? 나는 최소한 나 자신에게는 솔직하고 싶다. 나이 들어서 좋은 건 없다.

인생은 어느 날부터는 하향선일 수밖에 없다. 육체건 정신이건 마찬가지다. 그렇게 살고 그렇게 가는 게 인생이다. 우리가 할 수 있는 일은 하향선의 각도가 최대한 완만하게 내려가도록 만드는 것밖에 없다. 마흔은 생물학적으로 육체적인 기능이 전성기를 지나 본격적으로 하강기에 접어들기 시작하는 나이, 주변 동년배의 죽음이 아주 드물지는 않은 그런 나이다. 어차피 죽을 거 그런 노력이 무슨 소용이 있나 생각해 그냥 되는 대로 살자고 하는 방법도 있겠지만, 어차피 죽을 거라면 나는 더 즐겁고 덜 괴롭게 사는 게 좋다.

심한 숙취에 시달리며 아침을 맞이한 어느 날, 문득 몇십 년 뒤 내 모습이 떠올랐다. 육십이 된 나는 농구도 할 수 없고, 술도 못 마시고 그저 허허허 웃으며 살고 있었다. 백세시대다. 건강관리를 조금만 잘해도 90세, 100세까지는 사는 사람들이 부지기수다. 갑자기 등줄기에서 식은땀이 주욱 흘러내렸다. 이대로는 안 되겠구나. 특단의 조치를 취해야겠다는 생각이 들었다.

나는 자신을 잘 설득하는 스타일이다. 고등학교 때 시험 전날 공부할 것이 많아 밤을 새야 하는 상황이 되면 자정이 넘을 때까지 공부를 하다 잠이 오기 시작할 때 스스로에게 이렇게 말했다. '아니, 그러니까, 내가 무슨 출세를 하고 싶은 것도 아니고, 대단한 사람이 되고 싶은 것도, 부자가 되고 싶은 것도 아닌데 왜 잠을 참고 졸음을 이겨가며 공부를 해야 할까? 지금 잠을 안 자고 공부하는 것보다는 푹 자고 시험을 망치는 편이 내 인생 전체로 볼 때 훨씬 유익하지 않을까?'

나는 자신에게 바로 설득됐고, 잠자리에 들었다. 간혹 일찍 일어나 무언가를 해야 하는 때에도 그랬다. '내가 지금 일찍 일어나서 저걸 한들 내 인생에 무슨 도움이 될까? 그냥 자자.'

잠과 관련된 문제만 그랬던 건 아니다. 화가 나면 화를 냈고, 졸리면 잤고, 먹고 싶으면 먹었다. 무라카미 하루키는 '신사란 하고 싶은 일보다 해야 하는 일을 하면서 사는 사람'이라 했는데 나는 정반대였다. 해야 하는 일보다는 하고 싶은 일을 하면서 충동적으로 살아왔다.

사실 이전까지 이대로는 나이 들어서 술을 마실 수 없겠구나 라는 위기감이 들어 운동을 시작한 후에도 바벨이나 덤벨을 들면서 힘들 때마다 '내가 도대체 뭘 위해서 이걸 해야 할까? 이게 꼭 해야 하는 일일까? 이걸 하는 게 진짜 좋긴 좋은 걸까? 그냥 안 해도 괜찮지 않을까?' 이런 생각을 끊임없이 하면서 자신을 설득했다. 그러나 이번에는 달랐다. 나는 나를 설득하는 데 실패했다. 극심한 숙취에 시달린 어느 날 그렇게 나는 여느 때와는 다른 마음으로 운동을 시작하게 된 것이다.

이번에는 반대로 운동을 하는 나를 설득하는 내가 나타났다. '내가 지금 좀 힘들긴 한데, 이걸 참고 운동을 하면 당장 내 인생이 편리해지고 즐거워지는데 좀 참아보는 건 어때?'

나는 또 금방 설득되어버렸고, 그 후로 나는 지금까지 꾸준히 운동을 하고 있다. 최소한 일주일에 한 번이라도 바벨을 들고 스쿼트를 하고 달리기를 한다. 운동을 하면서 굉장히 많은 게 달라졌다. 잠을 푹 잘 수 있게 되었고, 숙취에 덜 시달리게 되었으며, 농구 실력도 아주 조금 회복되었다. 마흔이 넘으면서 운동을 처음 시작했던 30대 초반에 비해서 운동하는 능력은 떨어졌겠지만, 오랜 시간에 걸쳐 운동을 하면서 깨달은 사실이 있다.

운동은 내가 할 수 있는 가장 좋은 일이다. 세상에 운동만큼 좋은 건 없다. 담배를 흔히 백해무익하다고 말하는데 운동은 그 정반대다. 반칙에 가까울 정도로 좋은 일투성이다. 일상에 활기가 생기고, 몸이 좀 더 아름다운 형태를 갖추게 된다. 몸의 기능이 향상되는 것뿐 아니라 정신 건강에도 좋다. 몸이 건강하다고 반드시 마음이 건강하다고 말할 수는 없지만, 몸이 건강하지 않으면 마음도 건강하지 않을 수밖에 없다. 사실 운동이 쉽고 편한 건 아니다. 또 괴롭고 고통스러울수록 운동의 효과가 크다.

몸이 아플 때는 굉장히 쉽게 예민해지고, 우울해지고, 힘들어한다. 운동은 힘이 세지거나 빨리 뛸 수 있게 만들어주는 것뿐만이 아니라 우리 신체 기능 전반을 향상시켜준다. 나는 원래도 건강한

편이었지만, 본격적으로 운동을 시작하고 나서는 거의 아픈 적이 없다. 잠을 좀 덜 자거나 무리하게 일을 하더라도 어렵지 않게 버틸 수 있게 되었다. 숨이 좀 가쁘도록 뛰고, 좀 무거운 것을 들고, 엎드리거나 앉았다가 일어나는 것만으로도 이렇게 삶이 바뀔 수 있다는 게 정말 놀랍다.

운동을 시작하고 바뀐 건 내 건강만이 아니다. 삶의 방식도 조금 바뀌었다. 앞에도 이야기한 것처럼 운동을 시작하기 전까지 나는 자신에게 한정해서 설득의 황제였다. 운동을 시작하고 나서는 자신에 대한 설득을 포기하게 되었다.

처음에는 '꼭 해야 할까?'라는 의문을 가진 채 매일 운동하러 다녔다. 그렇게 매일 괴로워하다 어느 순간 깨달았다. 운동이 더 이상 하느냐 마느냐 선택의 문제가 아닌데 운동을 놓고 끊임없이 괴로워하며 이걸 해야 돼 말아야 돼 생각해봤자 아무 소용이 없다. 그냥 해야 되는구나 생각하며 포기하는 게 좋다.

그 후로 하기 싫은 일, 하지만 꼭 해야 하는 일이 생겼을 때 그 일을 대하는 내 마음가짐이 완전히 바뀌었다. '해야 하나? 하기 싫다. 하고 싶지 않은데? 그래도 해야겠지?' 이런 생각을 할 시간에 차라리 빨리 해버리는 편이 낫다는 걸 배웠다.

마음의 평화가 찾아왔다. 무엇보다 좋은 건 하기 싫은 일을 붙잡고 있는 시간이 짧아졌다. '해야 하나. 말아야 하나. 하기 싫다' 이런 생각을 할 시간에 아무 생각 안 하고 해버리니 하기 싫은 일 때문에 고통받는 시간이 극적으로 줄어들었다.

나이가 들어 운동하는 능력은 줄어들었겠지만, 운동을 해야한다는 마음은 똑같이 유지하고 있다. 운동만큼 내 인생의 무언가를 확실히 보장해주는 건 없다고 믿는다. 마흔 살이 넘어서 운동을 하지 않는 사람은 자신뿐 아니라 자신을 사랑하는 주변 사람들에게 미안해해야 한다고 생각한다. 운동은 인생을 바꿔준다.

도구가 아니라
지식이 필요하다

영어시간

**기본적인 지식을 갖추지 않은 창의성이나
아이디어야말로 아무짝에도 쓸데없는 것이다.**

　나는 셀카를 많이 찍는 남자를 보면 일단 20점 깎고 들어간다. 셀카를 찍는다고 다 이상한 사람은 아니지만, 꽤 높은 비율로 이상한 사람이 많다. 내 편견일 수 있지만, 셀카는 굉장히 자기집중적인 행위라 대상 집중적인 남자들은 셀카 찍는 것을 좋아하지 않도록 만들어져 있다고 생각하기 때문이다. 그래서 SNS에 셀카를 찍어 올리는 남자를 보면 일단 20점 깎는다.

　또 하나 SNS에 자기 이름을 쓸 때 '한국 이름+영어 이름+성' 방식으로 이름을 표기하는 사람들에 대해서도 편견을 가지고 있다. 이유는 잘 알 수 없지만, 이렇게 이름을 쓰는 사람들 중에도 이상한 생각을 가지고 있거나 이상한 행동을 하는 사람들을 많이 봤다. 신기한 것은 이 방식으로 이름을 표기하는 사람 중에 셀카를 많이 찍는 남자가 꽤 많다는 거다. 이것 또한 나만의 일반론이겠지만.

'한국 이름+영어 이름+성' 방식으로 이름을 쓰는 사람은 많지 않지만, 영어 이름을 가진 사람은 꽤 많다. 우리 때는 어학연수를 갔을 때 한국 이름을 부르기 어려워하는 외국인들을 위해 영어 이름을 짓는 경우가 많았다. 요새 어린 친구들은 유치원이나 학교, 영어학원에서 쓰기 위해 영어 이름을 짓는 경우가 많다고 한다.

나도 영어 이름이 하나 있다. 내 영어 이름은 '싼티아고'다. 사실 싼티아고가 영어는 아니니까 영어 이름이라고 말할 수는 없지만, 그래도 영어 이름이라고 우겨보기로 한다. 내가 영어 이름을 갖게 된 것은 전적으로 남 탓이다(일이 잘못되면 어떤 경우에도 외부에서 원인을 찾는 것이 대한민국 아저씨의 미덕이라고 배웠으므로 배운 대로 하기로 한다. 물론 일이 잘된 경우는 늘 내부에서 원인을 찾는 데 집중한다). 평소에 언행이 경망스럽고 잔망스럽기 짝이 없는 나에게 친구들은 입에 걸레를 물었냐는 폭력적인 언사를 일삼더니 급기야 너는 '싼티'가 나니 '싼티아고'라 부르겠다고 했다. 그래서 내 영어 이름은 '싼티아고 리'가 되었다. 더불어 옆에 있던 한 친구는 '빈티' 난다고 '빈티지 최'로 불리기 시작했다.

영어는 아니지만 나는 내 영어 이름인 싼티아고가 꽤 마음에 든다. 많은 이들이 그렇겠지만 나는 영어에 꽤 큰 반감을 가지고 있다. 도대체 영어가 뭐길래 이렇게 열심히 배워야 하나. 우리나라

사람 중에 실제로 영어가 필요한 사람은 얼마나 될까? 10퍼센트? 15퍼센트? 왜 다들 별로 쓸 일도 없는 영어에 돈과 시간과 열정을 쏟아부어야 하나. 외국인 관광객 만나는 걸 제외하고 나면 별로 쓸 일도 없는데.

강남역에 있던 술집과 나이트클럽이 전부 영어학원으로 바뀐 건 꽤나 의미심장하다. 사람들이 술 마시고 길거리에서 뒹굴며 노는 데 쓸 돈과 시간을 영어에 쏟아부으니 나이트가 영어학원으로 바뀔 수밖에 없겠지. 이건 정말 슬픈 일이다. 하고 싶지도 않고 쓸데도 없는데 열심히 배우지 않으면 안 된다니, 이 무슨 블랙코미디인가. 내가 학교 다닐 때도 사람들이 영어에 들이는 돈과 노력은 이상할 정도였지만, 지금은 더한 거 같다.

우리나라 교육에서 영어가 차지하고 있는 위상은 영어로 국사를 가르치겠다는 발상이나 '어륀지' 사건 같은 것만 보아도 잘 알 수 있다. 해방 이후 미군정에 의해 우리나라의 운명이 좌지우지되었으며 현재까지도 미국의 영향력이 막대하고, 우리 사회의 근간을 이루는 지식들이 대부분 미국을 통해 영어로 들어왔다는 사실을 감안하면 당연한 일처럼 보이기도 한다.

또 현재 세계 최강대국인 미국의 언어가 한 나라의 언어를 넘어 세계적으로 통용되는 국제어 취급을 받는 것 또한 자연스럽게 느껴진다. 그래서인지 영어를 익히는 것이 선진 문명을 익히는 것과 같은 것으로 인식되는 것이 사실이다. 영어를 잘하는 사람이 우대받다 보니, 많은 사람들이 영어를 잘하려고 했고, 영어를 잘하는 사람이 존경까지 받게 되었다. 그런데 이게 정상인 걸까?

우리나라 교육에서 가장 중요하게 여겨지는 건 언어, 정확히는 영어 교육이다. 사실 언어는 대상을 지시하는 기표일 뿐이라 언어 자체가 중요한 것이 아니라, 언어를 통해 어떤 생각을 하고 그 생각을 어떻게 표현하는가가 중요하다. 그럼에도 불구하고 우리나라 사람들은 기표 자체가 마치 지식의 종착역인 양 생각했고 영어 자체를 중요한 지식으로 인식해왔다.

영어 자체는 전혀 중요한 것이 아니다. 영어를 통해 어떤 지식을 익혀 어떻게 활용하는가가 중요한 것이다. 가까운 예로 일본을 생각해보자. 우리나라 사람들은 대개 일본 사람들이 우리나라 사람들보다 영어를 못한다고, 발음이 후지다고 비웃는다. 그들의 발음이 후진 것은 일본어의 50음도의 한계 때문이기도 하지만, 우리보다 영어를 덜 중요한 것으로 인식하고 있기 때문이기도 하다.

메이지 유신 이후 일본인들은 선진 문물을 흡수하는 데 거의 광적으로 매달렸다. 그들은 영국, 독일, 네덜란드로부터 온갖 지식을 습득했다. 이 과정에서 그들은 영어, 독일어, 네덜란드어를 해야만 했다. 하지만 모국어와 계통이 다른 여러 언어를 익히는 것은 현실적으로 어려움이 많다.

일본인들은 번역을 통해 그런 문제를 해결하기로 했고, 그 이후 번역 기술이 고도로 발달했다. '거의 모든'이라고 말해도 될 정도로 다양한 서적이 일본어로 번역 출판되었다. 덕분에 다수의 일본인들은 지식을 익히기 위해 굳이 외국어를 익히지 않아도 되었다. 여러 나라에서 지식을 들여와야 했기 때문에 한 사람이 여러 언어를 익히기 어려웠다는 현실적인 문제도 그들의 번역 문화가 발전하는 데 도움을 주었다. 외국의 문물을 번역 과정을 통해 온전하게 자기 것으로 받아들이려는 번역 문화가 일본의 학문적 전통이 되었다.

한편으로 일본의 번역이 너무 발달한 탓에 우리나라에서 번역이 발달하지 못한 것도 있다. 우리나라는 일제시대 이후 일본어 능통자가 다수 존재했고, 일본에서 거의 모든 외국 책을 자국어로 번역해 출판하다 보니, 굳이 어려운 다른 나라 말로 된 책을 번역할 필요 없이 일본어로 된 책을 번역하면 됐기 때문이다. 영어를 익혀 직접 습득할 것은 습득하고, 그 외의 것은 일본어로 된 책을 번역하기만 하면 만사 오케이였다. 이런 전후 과정이 우리나라에서 지식 자체보다 지식을 들여오는 데 필요한 영어가 더 중시된 이유다. 만일 우리나라가 여러 나라를 통해 선진 문물을 들여왔다면, 지식을 표현하는 도구가 아닌 지식 자체가 중시되었다면, 우리나라 교육이 지금보다는 효율적이지 않았을까?

우리나라 교육에서는 지식보다 아이디어나 창의성 등이 중요한 것처럼 얘기를 하는데, 이것 또한 웃기는 소리다. 아이디어나 창의성은 기본적인 지식을 바탕으로 개인의 소질을 통해 나오는 것이고, 교육을 통해 극적으로 향상될 수 없는 것이다. 그건 그야말로 개인의 문제다. 지식이야말로 교육을 통해 그 교육을 받는 모든 이들이 극적인 발전을 기대할 수 있는 것이다.

그런데도 제2의 마크 저커버그니 제2의 스티브 잡스니 하면서 창의성이나 아이디어만 갖추면 된다는 듯이 얘기하는데, 기본적인 지식을 갖추지 않은 창의성이나 아이디어야말로 아무짝에도 쓸데 없는 것이다.

많은 사람들이 학교를 다니면서, 혹은 졸업한 이후에도 오랜 시간 동안 돈과 시간을 들여 익힌 영어를 사용하지 못하는 것은 우리나라의 교육, 특히 영어 교육이 이런 배경에 대한 이해 없이 이루어지고 있기 때문이다.

그렇게 영어를 익힐 바에는 차라리 번역을 통해 문물이나 개념을 이해하는 편이 낫다. 최소한 번역은 그 언어를 사용한 사회·문화적 배경을 짐작할 수 있게 만들어준다. 그런데도 아직 우리나라에서는 영어가 지상 명제인 양 생각하는 사람들이 많다.

앞에서도 이야기했지만 영어는 지식knowledge이 아니라 지식을 담는 도구tool에 불과하다. 그 자체로써 의미를 가진 지식이 아닌 의미를 가진 지식을 담는 수단으로써의 지식이다. 지식은 지식 그 자체로 의미를 가질 수 있지만, 지식을 담는 도구는 무언가를 담고 있지 않다면 아무 소용이 없다.

목적을 달성하기 위해 필요한 수단에 불과한 운반수단이 목적이 되어버리면 그 안에 무엇을 담느냐 하는 핵심이 날아가버린다. 우리나라 말과 글을 잘못 읽고 쓴다면 부끄러운 일이겠지만, 다른 나라 말인 영어를 잘못 읽고 쓰는 것이 뭐 그렇게 부끄러운 일일까?

유창하게 무식한 사람보다는 그냥 무식한 사람이 차라리 낫다. 그냥 무식한 사람은 자신들이 모른다는 사실은 알고 있다. 영어는 필요한 사람들만 공부하면 된다. 지금 우리나라의 영어 교육은 완전히 사회적, 국가적 낭비다. 이렇게 말하는 나도 대학에 가기 위해 취업하기 위해, 영어 공부를 열심히 했지만 말이다.

아...
기술 배워야 하나

기술시간

딱히 새로운 일을 시작할 의사도 능력도 없다.
어떻게든 살아남아야 한다는 생존 본능만 있다. 이제야 비로소
기술이 있으면 먹고살 수 있다는 말이 이해되었다.

"기술을 익혀야 한다."

"기술이 있으면 먹고살 수 있다."

이 말을 들어보지 않은 사람들은 별로 없을 거다. 특히 남자들은. 졸업하고 취직해서 10년 이상 같은 직장에서 일하면서 마흔을 바라보는 나이가 되자, 선배들 중에 간혹 친구들 중에도 자의 혹은 타의로 몸담았던 직장에서 나와야 하는 경우들이 생겼다. 자의로 나온 경우에는 대부분 다음 행보가 준비되어 있어 별 걱정 없이 다른 생계 수단으로 살지만, 타의로 나온 경우에는 앞으로 먹고살 길이 막막한 경우도 많다.

30대 후반의 어느 날, 한 친구가 직장에서 나와 프랜차이즈 빵

집을 차렸다는 이야기를 듣고 정신이 번쩍 들었다. '이 회사에서 쫓겨나면 나는 어떻게 먹고살지?'

나는 라디오 PD다. 내가 몸담고 있는 회사는 입사 이래 위기가 아니었던 적이 없다. 회사가 잘못해서가 아니라 회사가 속한 산업이 상대적 사양산업이기 때문이다. 정확히는 경쟁자가 기하급수적으로 늘어난 산업이기 때문이다. 케이블TV가 등장하고, 인터넷이 발달하면서 미디어의 숫자는 계속 늘어났다. 과점 상태였던 90년대 이전은 말할 필요도 없고 90년대 중후반까지는 미디어 산업에 특별한 경쟁자가 없어서 '땅 짚고 헤엄치기'처럼 편하게 회사가 굴러갔다고 한다. 내가 입사했을 때는 이미 오래전 호시절이 지나갔고, 앞으로는 무한 경쟁이 펼쳐질 거라는 얘기가 들려왔다.

물론 나는 별 생각 없이 '열심히 하면 어떻게든 되지 않겠어?'라는 근거 없는 낙천주의로 일관했다. 그렇게 회사를 다니던 중 프랜차이즈 빵집을 차렸다는 친구의 이야기는 충격, 그 자체였다. '아, 이제 회사를 그만두면 새로 취직을 하는 건 거의 불가능하구나.'

공대생들 사이에선 코딩을 하다 막히면 동네 치킨집 사장님에게 물어보라는 말이 있다. 농담이지만 농담만은 아니다. 코딩을 하다 승진하지 못한 채 40대가 되면 젊고 빠릿빠릿한 사람들처럼 일할 수 없으니 퇴직해야 한다. 자신이 직접 회사를 차리자니 돈도 모자라고 투자받을 곳도 없으며, 일거리를 따내는 건 더더욱 어려운 일이다. 생계를 해결하기 위해서는 다른 일을 찾아야 하는데, 자기가 익힌 코딩 기술은 이미 시대에 뒤떨어져 필요로 하는 데가 없다.

결국 만만한 게 프랜차이즈 치킨집이다. 퇴직한 프로그래머들이 하나둘씩 치킨집을 차리다 보니 우리나라 치킨집 숫자가 전 세계 맥도날드 매장 숫자보다 많아졌다고 한다. 그러니 코딩을 하다 막히면 치킨집 사장님께 물어보라는 말이 나올 수밖에. 프랜차이즈 빵집을 차린 친구도 비슷한 과정을 겪었다.

'와, ×됐다.'

위기감이 확 밀려왔다. 회사는 날이 갈수록 어려워진다고 하는데, 나는 딱히 새로운 일을 시작할 의사도 능력도 없다. 어떻게든 살아남아야 한다는 생존 본능만 있다. 새로운 일을 시작할 수 있는 끝자락, 은퇴 이후의 삶이 눈에 들어오기 시작할 무렵이 되어서야 비로소 기술이 있으면 먹고살 수 있다는 말이 이해되었다.

어린 시절 우리 집은 김포공항에서 시내로 이어지는 김포가도 옆에 있었다. 지금은 공항로라고 부르는 바로 그 길이다. 양화대교 남단에서 김포공항까지 가는 7킬로미터에 달하는 8차선 도로. 당시에는 올림픽대로도 없었고 인천공항도 만들어지기 전이라 외국에서 서울로 들어오는 사람이나 서울에서 외국으로 나가려는 사람은 반드시 지나야 하는 길이었다. 그 길에서는 요새는 보기 드문 카 퍼레이드가 자주 벌어졌다.

어딘지 알 수도 없는 나라에서 왕이 방문했다고, 누구나 알 만한 나라에서 대통령이 왔다고, 네 번 다운당한 권투선수가 다섯 번째에 상대를 때려눕히고 세계챔피언이 되었다고, 로스앤젤레스에서 열린 올림픽에서 금메달 은메달 동메달을 딴 선수들이 귀국했다고 카퍼레이드가 벌어졌다.

그중에는 약간 특이한 카퍼레이드도 있었다. 해마다 연패의 숫자를 늘려가며 카퍼레이드를 했던 행사다. 연패를 연달아 진다는 뜻으로만 알고 있던 나는 도무지 의문이 해결되지 않아 머리를 끙끙대지 않고 그냥 엄마에게 물어봤다.

"엄마 왜 쟤들은 졌는데도 카퍼레이드를 해주는 거야? 카퍼레이드는 아무한테나 해주는 거야?"

"그게 무슨 소리야?"

"아니 쟤들은 ○○연패했다며 카퍼레이드를 하잖아. 근데 저렇게 맨날 지는 사람들한테 카퍼레이드를 왜 해주는 거야?"

"아, 그게 아니고. 연달아 졌을 때도 연패라고 하는데, 연달아 우승했을 때도 연패라고 하거든. 저 사람들이 ○○연패를 했다는 건 ○○번 우승을 했다는 의미야."

"연달아 진거랑 연달아 우승한 거랑 둘 다 연패를 한 거면, 어떻게 구분해야 되는 거야?"

늘 그렇듯이 엄마와 내가 나누는 대화의 결론은 정해져 있었다.

"가서 공부나 해!"

물론 내가 가서 공부를 하는 일은 없었다. 얼마 뒤에 내 의문은 자연스레 풀렸다. 이 카퍼레이드의 주인공은 세계 기능올림픽 참가

선수들이었다. 기능올림픽은 17~22세의 청소년들이 모여 기계, 금속, 전기·전자, 건축·목재 등 다양한 기술 분야에서 자신의 기술을 놓고 겨루는 대회라는데, 그런 건 잘 모르겠고 우리나라가 해마다 우승을 하는 대회라고 했다. 우리나라의 기술이 이만큼 발전되어 있다며 나라의 위상을 뽐낼 수 있는 좋은 기회라는데, 그런 건 잘 모르겠고 해마다 카퍼레이드를 한다니 멋지게 느껴졌다. 세계 기능올림픽에서 다른 나라 기능인들과 자신의 기술을 겨루어 우승하는 사람들이 있다니 정말 대단하구나 감탄했던 기억이 있다.

당장 밥벌이 해결이 어려웠던 70년대나 80년대 초반에 어디선가 확실히 자신을 필요로 할 만한 기술을 가졌다는 건 생계를 해결할 수 있는 큰 무기였다. 사람이 살면서 집을 짓고 살아야 하니 목수가 필요하고, 배나 자동차를 만들려면 쇠를 자르고 다듬어야 하니 용접 기술자가 필요하다.

어떤 시대에도 확실한 기술을 가진 사람은 대부분 먹고살 수 있다. 바꿔 말하면 먹고살기 어려운 시절일수록 확실한 기술을 가지는 편이 좋다. 당장 하루하루 한 끼 한 끼를 해결하는 데 급급했던 시절을 보낸 어른들에게는 확실한 기술, 사람들이 필요로 하는 기술을 가지는 게 최우선 명제일 수밖에 없었다.

그런 시대를 거쳐 모두들 대강 먹고살 만한 시절이 찾아오자, 기술을 강조하는 사람의 수는 줄어들었다. 더불어 실업계라고 불리는 공업고등학교나 상업고등학교보다 대학 진학을 목표로 하는 인문계 고등학교를 선호하는 경향이 눈에 띄게 강해졌다. 예전에는 가난한 집의 수재들이 생계를 위해 대학 진학을 포기하고 실업계 고등학교로 진학하는 경우가 많이 있어서 이들 고등학교 중에도 명문 소리를 듣는 학교들이 꽤 있었다. 하지만 시간이 흘러 명문 실업계 고등학교들의 명성은 조금씩 퇴색되었고, '기술이 있으면 먹고살 수 있다'는 신화는 수명을 다한 것처럼 보였다.

특히나 인문계 그중에서도 문과에 진학한 나에게는 더욱 그렇게 보였다. 어렸을 때부터 입만 살았다는 평가를 들었던 나는 마흔 살이 넘은 지금도 변변한 자격증 하나 없이 살고 있다. 하지만 그래도 먹고살 수 있을 줄 알았다. 사람들에게 내 직업이 라디오 PD라고 하면 늘 이런 대화가 오간다.

"아 정말요? 제가 라디오 PD 만나면 꼭 한번 물어보고 싶은 게 있었어요."

"아, 라디오 PD가 뭐하는 사람이냐고요?"

"어? 어떻게 아셨어요?"

"다들 궁금해하더라고요."

'소녀시대랑 술 마셔봤어요?'라고 물어보면 좋을 텐데, '라디오 PD는 도대체 뭐하는 사람이에요?', '작가가 글 쓰고, 엔지니어가 기계 만지고, DJ가 말을 하면 라디오 PD는 대체 무슨 일을 하나요?'라고 묻는다. 그때마다 나는 이렇게 답했다.

"그 외에 다른 모든 일을 합니다."

이 대답을 듣고 무슨 소리인지 알아주면 좋을 텐데 그런 일은 없다. 결국 그냥 대강 얼버무리고 넘어가게 된다. 라디오 PD가 하는 일이 그렇다. 이것저것 하는데 그 일들을 하나하나 설명하기가 어렵다. 뭘 하는지 설명하기 어렵다는 점 말고도 써먹을 곳이 많지 않다는 것도 특징이다. 오디오 콘텐츠 제작이라는 특이하고 한정된 분야의 일이다 보니 라디오 프로그램 제작 외에 따로 할 수 있는 일이 많지 않다. 한마디로 여기저기 쓸 수 있는 범용 기술이 별로 없다.

사회생활을 시작한 지 얼마 안 됐을 때는 다른 기술을 얼른 익혀 다른 일을 시작해도 되니 불합리한 상황이나 부당한 처분을 참지 않고 살 수 있다. 나이가 들고 그런 일을 겪으면 목구멍은 포도청이고 가진 기술은 써먹을 곳도 마땅치 않고 새로운 기술을 익히기도 쉽지 않아 체념하고 사는 수밖에 없다. 혹은 체념할 수 있는 기회마저 잃는 사람도 있다.

극장 간판을 손으로 그리던 시절에는 극장 간판 그리기가 기술이었지만 이제는 아무도 극장 간판을 손으로 그리는 사람을 필요로 하지 않는다. 80년대만 해도 주판과 부기는 유용한 기술이었지만, 이제는 그렇지 않다. 시대의 변화와 함께 쓸모가 사라져버렸기 때문이다.

기술도 다양한 종류가 있다. 목수처럼 눈에 보이는 무언가를 만드는 기술이 있는가 하면 가수처럼 눈에 보이지 않는 기술도 있다. 나이가 젊은 사람에게 유리한 기술이 있는가 하면, 또 어떤 것은 나이가 든 사람이 유리해서 어느 정도 나이가 들 때까지 계속 쓸 수 있는 기술도 있다.

그간 나는 기술이라는 말을 오해했다. 기술이란 기능이 아니다. 기능이란 쓸모에 관계없이 수행할 수 있기만 하면 된다. 우리는 부싯돌로 불을 붙일 줄 아는 사람에게 기술이 있다고 말하지 않는다. 일정한 업무 혹은 임무를 수행할 수 있는 능력은 기술이 아니라 기능이다. 기술은 현재에 쓸모가 있어야 한다. 누군가가 자기 일터에서 밀려난다면 나이가 들었기 때문이 아니라 가지고 있는 기술이 기능이 되어버렸기 때문에 밀려나는 것이다.

기술이란 무언가를 깎거나 만들거나 움직이는 데 한정된 게 아니라 자신의 생계를 영위할 수 있는 어떤 종류의 기능인 것이다. 이런 기능은 할 수 있다는 걸로는 충분하지 않고 살고 있는 시대와 장소가 필요로 해야만 한다. 나는 마흔 가까이 되어서야 왜 어른들이 기술을 익혀야 한다고 말했는지, 왜 기술이 있으면 밥을 먹고살 수 있다고 했는지 그 진정한 의미를 깨닫게 되었다. 마흔의 우리는 자신이 가진 기술이 어떤 기술인지를 한번쯤 생각해봐야 한다.

친구들과 만나면 다들 하는 얘기가 있다.

"야, 넌 좋겠다."

"왜?"

"넌 ○○가 있잖아."

여기서 ○○은 '물려받을 유산'일 수도 있고, '철밥통 직장'일

수도 있고, '돈을 잘 버는 부인'일 수도 있다. 대상은 중요하지 않다. 중요한 건 대부분 자신이 아닌 타인의 처지를 부러워한다는 거다.

알고 보면 다 똑같은 처지인데도 왠지 저 친구는 나보다 나은 삶을 살고 있는 거 같고, 불안해하지 않는다는 느낌을 받는다. 왜 우리는 모두 미래를 불안해하면서 살아야 할까? 십 몇 년간 학교를 다니고, 졸업 후 열심히 익힌 기술은 왜 점점 쓸모없는 것이 되는 걸까? 왜 우리는 누군가에게 목줄을 붙잡힌 채 이리저리 휘둘리며 살아야 하는 걸까?

마흔. 흔히 인생의 변곡점, 마지막 환승 기회라고 하지만, 아직 인생의 절반 정도밖에 살지 않은 셈이다. 여태까지 살아온 만큼을 더 살아야 하는데 체념하고 산다면 행복할 수 있을까? 그렇지 않다. 그럴 수 없다. 인간은 그렇게 만들어지지 않았다.

쉽게 체념하고 살 수 없는 우리는, 결국 행복하게 살기 위해서 누군가가 필요로 하는 기술을 갖고 있어야 한다. 기술이 없는 사람은 끊임없이 생계를 불안해하며 살아야 한다. 그게 무엇이건 그런 건 중요치 않다. 내가 내 삶의 주인으로 살기 위해서 필요한 기술을 익혀야 한다. 그런 기술이 없어도 잘살 수 있는 사회가 된다면 더욱 좋겠지만.

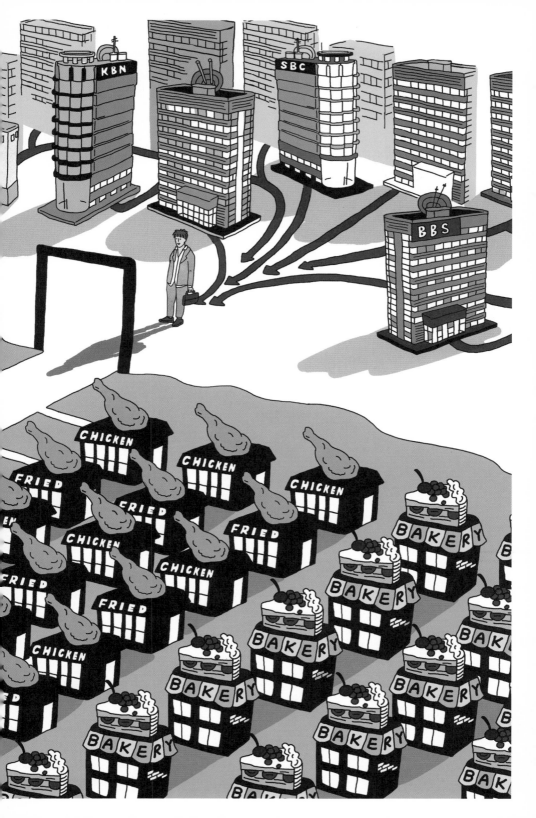

마흔이 되고 나서 스스로에게 한 가지 질문을 던져보았다. '내 인생에 가장 중요한 건 무엇일까?' 먼저, 가족. 가족이 중요하다는 건 공기가 없으면 숨을 쉴 수 없다는 말처럼 너무 당연해서 말하는 편이 오히려 어색하게 느껴진다.

질문을 바꿔보았다. '인생을 즐겁게 살기 위해 나에게 필요한 건 무엇인가?' 나는 세 가지 정도를 손에 꼽을 수 있었다. 첫째는 돈이다. 돈 없이 즐겁게 살 수 있는 방법은 거의 없다. 즐겁게 살려면 하고 싶은 걸 하면서 살아야 할 텐데 돈 없이는 그럴 수가 없다. 돈은 내가 벌고 싶다고 벌 수 있는 게 아니다. 그러니 불필요한 곳에 돈을 쓰는 건 인생을 불행하게 만드는 방법이다. 가능한 한 아끼고 절약해 쓸데없는 곳에 나가는 돈을 모아 내가 하고 싶은 일을 하는 데 쓸 수 있다면 꽤 괜찮은 인생 아닐까?

둘째는 꿈이다. 많은 사람들이 어렸을 때 꿈을 말하는 게 당연한 것처럼 나이 들어 꿈을 말하지 않는 것 또한 당연한 일이라고 생각한다. 꿈과 직업을 동일시하기 때문이다. 나에게 꿈이란 '현재는 이뤄지지 않았지만 가깝건 멀건 언젠가는 하고/되고/갖고 싶으며 현실로 이뤄질 가능성이 있는 어떤 일'이다. 직업이 꿈일 수도 있지만, 꿈이 직업이어야 하는 건 아니다. 모든 일이 다 꿈일 수 있다.

대학교 때 내 꿈은 매일 아침을 먹는 일이었다. 아침 먹는 걸 참 좋아하는데 당시의 경제 사정상 아침을 먹을 수 없었다. 아침을 매일 먹을 수 있다면 얼마나 근사한 일일까 생각했다. 취직을 하고 내 꿈은 이뤄졌고 참 행복했다.

셋째는 친구다. 나는 사람을 평가할 때 인맥이라는 말을 입에 담는 사람은 100점 만점에 50점을 깎고 시작한다. 흔히 사람들이, 특히 남자들이 인맥을 쌓아야겠어 같은 말을 자주 입에 담는다. 굳이 거창한 말을 들먹이지 않더라도, 나는 인맥 타령하면서 쌓는 친분이나 관계에 즐거움이나 행복은 없을 거라고 생각한다. 이런 저속한 관계를 맺는 건 인생을 불행하게 만드는 방법이다. 사람들과 어울리는 게 얼마나 즐거운 일인데 그 일을 그런 식으로 낭비할 필요가 있을까? 인생은 짧다.

꼭 학창 시절을 같이 보내지 않았어도 나이가 달라도, 뜻과 행동을 같이하는 사람은 다 친구라고 생각한다. 그런 사람들과 무언가를 하면서 혹은 아무것도 하지 않으면서 같이 시간을 보내는 일은 내 인생에 참 중요한 일이다.

마흔 살이 되면 많은 것이 달라질 거라고 생각했지만, 별로 변한 건 없다. 나는 여전히 경망스럽고 경망스러움을 자랑하며 살고 있다. 반바지에 슬리퍼를 끌고 회사에 가서 부장님한테 욕을 먹고, 농구를 하다가 다리를 다쳐서 절뚝거리기도 한다.

책을 같이 쓴 재익이 형은 아직도 나에게 '야 이 새끼야. 똑바로 좀 살아'라고 말하고, 훈종이도 '승훈아 제발 정신 좀 차려'라고 충고한다. 마흔 살이 넘어 이런 소리들을 듣고 산다는 건 절대 쉬운 일이 아니다. 에헴.

가족과 함께 살면서, 돈을 벌고 꿈을 가지고 친구들과 놀 수 있다면, 나는 계속 즐겁게 살 수 있을 것 같다. 내 인생에 중요한 건 그런 것이다. 나이는 숫자에 불과하다는 말은 거짓말이지만, 나이가 든다고 그 무게에 짓눌릴 필요도 없는 것 같다. 하고 싶은 일은 가능하면 하는 편이, 하고 싶지 않은 일은 가능하면 하지 않는 편이, 그러다가 정 안 되면 하고 싶은 일을 포기하거나 하고 싶지 않은 일을 하면서 사는 것. 그런 게 산다는 것 아닐까? 어린아이이건 노인이건.

김훈종의
수업시간

알베르 카뮈는 이렇게 말했다. "병은 죽음에 대한 수련이다. 병을 통해 인간은 성숙해진다. 병을 통해 인간은 죽음 저편의 세계를 깊이 묵상할 수 있게 된다. 그러므로 병을 두려워하지 말고 똑바로 응시하여 그것이 전해주는 메시지를 귀담아들을 일이다."

이 책이 기획되고 나오기까지 지난 1년 동안 어머니는 병마와 사투를 벌이셨다. 항암 주사에 신음하시는 걸 지켜보고 있노라면 너무도 가슴이 미어졌다. 곁에서 고스란히 암과의 사투를 지켜보시던 아버지. 아버지는 더 많이 아파하셨다. 그래서인지 유독 이번 책에는 실존적 고민이 그득하다.

하지만 내용이 어두울 것이라는 섣부른 예단은 금물이다. 죽음이란 결국 삶이고, 삶이 종국에 다다르는 곳이 죽음이기에 그렇다. 결국 삶과 죽음은 한 몸이다. 죽음이 가까이 있다고 생각하면 할수록 삶에 대한 애착이 커졌다. YOLO! You Only Live Once. 오히려 단 한 번뿐인 내 삶을 어떻게 잘 살아낼지 가슴 깊이 고민하게 되었다.

어머니께서는 다행히도 암을 이겨내주셨다. YOLO! 신께 감사드린다. 진심으로. 아니, 어머니께 그보다 훨씬 더 큰 고마움을 전하고 싶다. 그 어려운 싸움에 용기 있게 맞서주셔서 감사하다고!

　　단 한 번뿐인 소중한 삶을 창조해주신 어머니와 아버지께, 단 한 번뿐인 삶에 진정한 행복이 무엇인지 알려준 아내 나리에게, 그리고 단 한 번뿐인 삶을 세상 그 누구보다 멋지게 살아갈 아들 지우에게, 이 책을 바친다. YOLO!

남자! 내려놓을 줄도
알아야 한다

사회시간

내가 아니어도 우리 집은 얼마든지
잘 굴러갈 수 있다는 사실을 제발 기억하라. 가장들이여!

영화 〈건축학 개론〉을 보면 극 중 강의 내용이 무척이나 마음에 와 닿는다. 실제 건축학도였던 감독의 체험이 녹아 있어서인지 강의 내용이 참 솔깃하고 매혹적이다. 영화를 보고 나서 내가 발 딛고 사는 곳의 의미가 무엇인지 생각하게 되고, 그냥 흘려보내던 다리 혹은 도로 하나하나가 나를 이루는 요소임을 새삼 깨닫게 되었다. 내가 딛고 사는 이 땅 역시 결국 나인 게다. 어디에 속하는지가 나를 결정짓는 중요한 요소가 되는 셈.

영화를 보다가 문득 '그렇다면 내 고향은 어디인가?'라는 의문이 솟구쳤다. 곰곰이 생각해보았다. 워낙에 이사를 많이 다닌 탓에 딱히 어디가 고향이라고 말하기는 애매한 상황. 다만 누가 굳이 묻는다면 그리고 굳이 답해야 한다면, 중고교 시절을 보낸 강동구 명일동이 고향이라 답한다.

초등학교 시절 2년을 강동구 천호동에서 살다가 수원으로 이사를 했고, 중학교 2학년 때 다시 서울로 돌아와 강동구 길동에서 두 해를 그리고 강동구 명일동에서 고교 시절을 보냈다. 어쨌든 없는 집 쌀뒤주 뒤지듯 이리저리 샅샅이 따져보면 내 고향은 강동구인 것이다. 이승환, 주진우, 강풀, 김제동, 류승완 등 이른바 '강동오형제'라는 소모임이 심심찮게 기사로 등장하는 걸 보면서 왠지 내 고향 강동구가 뿌듯하기도 하다. 강동오형제가 심지어 '차카게 살자'라는 자선재단까지 만든 걸 보면서 괜히 내 어깨가 으쓱해졌다.

'강동구 어디 살았냐'는 디테일한 질문이 들어오면, 어느 자리든 나는 '명일동 주민'이었다고 말한다. 그러면 십중팔구 '명일동이 어디냐'고 묻는다. 나는 '천호동 근처'라고 답한다. 그런데 이런 과정을 수십 번 거쳐도, 내 답변은 바뀌지 않는다. 그냥 처음부터 '천호동 살았어요' 하면 될 것을. 나도 모르게 '천호동'이라는 단어를 입 밖으로 잘 내지 않는다. 돌이켜보건대, 아마도 중학교 2학년 시절의 강렬한 한 장면이 나도 모르게 이 단어를 꺼내기 움츠러들게 만든 것이라고 추측해본다.

때는 중학교 2학년 가을. 안온한 월급쟁이 생활을 뒤로 하고 새로이 시작한 아버지의 야심 찬 사업은 난항에 빠져 있었고, 나 역시 사춘기의 질풍노도에 빠져 허우적대고 있었다. 그냥 집이 싫었다. 아니 솔직히 말하자면, 나름 수원이라는 지방 중소도시에서 누구나 부러워하는 아파트 주민이었던 내 신세가 졸지에 서울 변두리 한구석 셋방살이 처지가 된 게 싫었다. 수원에서 내가 살던 아파트 단지에는 수원지법 판사나 수원지검 검사 혹은 수원의 가장 큰 종합병원인 성빈센트병원의 의사들이 살았다. 정말이지 토 나오게 속물적인 잣대이지만, 지방 도시에는 '지역 유지'라는 묘한 개념이 있다. 내가 사는 곳이 이 나라 최고의 도시인 수도가 아니라는 자격지심과 그럼에도 불구하고 여기 이 동네에서는 내가 방귀 좀 뀐다는 선민의식이 적절히 버무려진 감정이다.

비록 18평 전세였지만 뭔가 이 지역 사회의 중심부에 산다는 뱀 대가리 같은 자부심이, 용꼬리는 고사하고 용의 발뒤꿈치 때만도 못한 존재로 전락해버린 열패감. 남부럽지 않게 일주일에 두세 번씩 중식당에서 탕수육을 씹고, 횟집에서 광어회를 초장에 찍어 먹던 내 먹성은 밥과 쉬어 꼬부라진 김치에 만족해야 했다. 그 시절 나는 항상 배가 고팠다. 문자 그대로 위장도 허기지고 마음도 허기졌다. 아버지의 건곤일척 일생일대 승부수는 어린 나에게는 그저 불만이었고 허기였다.

그래서 나는 결심했다. 집을 나가기로. 물론 자세한 이유는 기억이 안 나지만, 그전에 부모님께 된통 혼쭐이 났던 탓도 있다. 사소한 일로 크게 혼내시는 부모님이 무척이나 원망스러웠다. 일이 잘 풀리지 않으니, 아버지와 어머니는 얼마나 신경이 곤두서 있으셨을까. 불혹의 나이에 접어든 아들은 충분히 이해하고도 남지만, 열다섯 사춘기의 아들은 마냥 서럽고 서운했다. 그래서 일요일 새벽 주섬주섬 짐을 꾸려 집을 박차고, 아니 정확히 말하자면 조용히 문을 닫고 나섰던 것이다. 수중에 돈도 없고, 딱히 갈 곳도 없었다. 무작정 걷는 것만이 내 화를 삭이는 유일한 방법이었다.

걷고 또 걸어 어느새 내가 가 닿은 곳은 초등학교 저학년 시절에 살았던 천호동 집이었다. 그사이 집 앞 공터는 건물로 가득 차 있었다. 다시 걷고 또 걸었다. 문득 정신을 차려보니 천호시장 특유의 고소한 냄새가 코를 찔렀다. 나는 꽈배기 봉투를 손에 들고 허기진 몸과 마음을 달랬다.

어느덧 해가 져 천호 구사거리의 천호극장으로 발걸음을 옮겨가보니, 유덕화와 오천련이 턱시도와 웨딩드레스를 입은 채 나에게 말을 걸어왔다. '핏빛으로 빛나는 의리 그리고 아픈 사랑의 노스탤지어!' 영화 〈천장지구〉 포스터의 카피는 부유하는 내 마음을 쿵쾅이게 했다. 감정은 과잉되어 있고 호르몬만 들끓게 하는 작품이었지만, 그럼에도 보는 내내 꺼이꺼이 울게 만드는 묘한 매력이 있었다. 나는 꽈배기 봉투가 다 젖을 정도로 눈물을 쏟았다. 기름에 절어 그리고 내 눈물에 절어 봉투가 다 투명해질 지경이었다.

도저히 그냥 일어설 수 없는 '내 인생의 작품'이었다. 화장실에 다녀오는 척하다가 슬며시 다시 자리에 앉았다. 두 번을 보는데도 영화의 감흥은 단 1그램도 줄어들지 않았다. 마치 내 코에서 흐

르는 콧물이 코피처럼 느껴질 정도였다. 훌쩍! 반환을 앞둔 홍콩인들의 불안감과 생애 첫 가출을 시도한 열다섯 소년의 심장은 묘하게 어우러져 두방망이질 치기 시작했다.

극장을 나서는데 번민과 불만이 모두 사라지는 느낌이었다. 연꽃에서 태어난 자, 파드마 삼바바처럼 나는 천호극장에서 태어나 깨달음을 얻었다. 어디서 사느냐 혹은 뭘 먹느냐가 뭐 그리 중한가. 그깟 것들이 아무려면 어떠랴. 나는 다시 행복해졌다. 대오각성. 깨달음의 무게에 반비례해 발걸음은 가벼워졌다. 성큼성큼 걸었다. 이내 눈앞에 붉은 등이 펼쳐졌다. 아무 생각 없이 걷다 보니 나는 소위 말하는 '천호동 텍사스촌'이란 홍등가에 들어서 있었던 것이다.

앗! 순간 나는 레이저 컨트롤을 배우기 전 〈엑스맨〉의 스콧처럼 내 두 눈을 어찌할 바 몰랐다. 까까머리 '독고탁'이었던 나를 바라보는 시선들이 따가웠다. 두 다리는 얼어붙은 듯 쉽사리 떼어지지 않았다. 그때 갑자기 두려움이 엄습했다. 어마어마한 거구의 포주가 뛰어나와 얼마 안 되는 내 가출 자금을 털어갈 것 같았기 때문이다. '내 주머니엔 10달러는커녕 5달러도 없는데!' 호기심과 두려움이 뒤범벅된 감정으로 홍등가를 가로질러 잰걸음으로 뛰듯 걸었다.

홍등가를 벗어나니 안도감과 아쉬움이 교차했다. 다시 천호동 신사거리가 나타났다. 길보드 차트 리어카에서 흘러나오는 김민우의 〈입영열차 안에서〉는 무척이나 감미로웠다. 멜로디와 그에 뒤섞인 자동차 경적소리가 무두질하던 뱃속을 일깨워주었다. 나는 남은 돈 이천 원으로 핫도그와 음료수를 사 먹고 다시 걸어서 집으로 돌아왔다. 부모님은 주무시고 계셨고, 다음 날 나는 여느 때처럼 아침을 먹고 도시락을 싸 들고 학교로 향했다. 대략 16시간의 짧았던 가출은 '부모님의 인지'라는 구성요건을 갖추지 못한 관계로 결국 가출이란 타이틀을 빼앗겼다. 그냥 외출. 그 외출을 통해 나는 출가해서나 얻는 큰 깨달음을 얻고 돌아왔다.

나는 다시 행복해졌다. 다만 홍등가 누나들의 얼굴은 몇 주 동안 내 머리를 떠나지 않았다. 누나들이 나오는 꿈을 스무 번 이상 꾸었다. 그 강렬한 인상이 결국 '명일동이 고향인데 천호동 근처에 있는 동네다'라고 주절주절 설명하는 길을 택하게 만든 게 아닐까 생각한다.

천호동 구사거리의 기묘한 풍경을 강렬하게 느낀 건 비단 나뿐은 아닌 것 같다. 1995년 1월 1일. 장진의 〈천호동 구사거리〉라는 희곡이 신춘문예 당선작으로 나왔을 때 본고사를 코앞에 둔 나는 극히 절망했다. 대학에 입학하면 그날의 경험을 토대로 〈천호동 구사거리〉 같은 작품을 나 역시 꼭 쓰리라 다짐했었기 때문이다. 3~4년을 두고 묵혀왔던 나만의 아이템을 누가 훔쳐간 기분이었다. 장진의 희곡을 읽고 '아차!' 하면서 무릎을 친 문학 소년이 나를 포함해 어림잡아도 8,569명 정도는 되리라.

천호동은 살아본 사람이라면 누구나 묘하게 느낄 공간이다.

구사거리와 신사거리의 기묘한 동거가 만들어낸 지역으로, 마치 '어린왕자'와 '노트르담의 꼽추 콰지모도'가 샴쌍둥이처럼 등을 맞대고 있는 모습이다. 천장지구. 홍등가. 구사거리와 신사거리. 단 하루의 추억이지만 내 인생에서 꽤나 오랫동안 무의식을 지배한 경험이다. 그날 이후 세상이 조금은 평온해졌다. 어찌 보면 애늙은 이가 된 날이기도 하다. 좋은 의미로 포기와 체념을 배우기도 한 날이다. 아등바등보다는 유보와 거리 두기가 한 수 위임을 배웠다.

천장지구天長地久. 티엔. 창. 띠. 지오우.

중국어를 잘 못하지만, 가끔 이 말만큼은 정확히 성조를 살려 읊조리곤 한다. 영원한 하늘과 땅. 이 세상 속에서 나의 의미를 찾을 수 있는 말이자 동시에 내가 얼마나 하찮은 존재인지 느끼게 해주는 말이다. '당신이 얼마나 하찮은 존재인지 아느냐?'고 누군가 묻는다면 화가 날 수도 있다. 충분히 기분 나쁜 말이다. 대부분 '내가 얼마나 중요한 존재인지 아느냐'고 대거리할 것이다. 하지만 때론 내 존재의 하찮음이 내 어깨의 짐을 덜어주기도 한다는 점을 기억해보자.

가장이라면 이 모순이 어떤 의미인지 감을 잡을 수 있을 게다. 내 가족을 먹여 살리겠다고 발버둥 쳐본 남자라면 때론 천.장.지.구. 영원한 땅과 하늘 아래서 한껏 내려놓을 수 있음에 감사하는 마음을 가져봤으면 좋겠다. 내려놓자. 내려놓자. 제발. 내가 아니어도 우리 집은 얼마든지 잘 굴러갈 수 있다는 사실을 제발 기억하라. 가장

들이여!

덧, 천장지구. 흔히들 백거이의 시 〈장한가〉에 나오는 구절로만 알고 있다. 천장지구유시진天長地久有時盡 차한면면무절기此恨綿綿無絶期. 천지는 영원하다 해도 다할 때가 있겠지만, 마음속에 품은 이 한이야 길이 끊일 때가 없으리. 〈장한가〉는 안녹산의 난으로 양귀비를 잃고 가슴 태우는 현종의 애절한 심정을 노래한 시다. 이 마지막 구절의 천장지구라는 시어가 남녀의 지극하고도 영원한 사랑을 상징하는 표현으로 쓰인다. 유덕화와 오천련 주연의 영화도 이런 의미로 천장지구라는 제목을 붙인 것이다. 원래 이 영화의 제목은 〈천약유정〉이다. 영화 수입사에서 보다 강렬한 제목을 택한 것이라 추측해본다.

본래 천장지구는 그렇게 달달한 말이 아니다. 노자 《도덕경》 7장에 나오는 구절로 성인聖人의 특징을 비유하여 표현한 말이다. 천장지구天長地久. 천지소이능장차구자天地所以能長且久者, 이기부자생以其不自生, 고능장생故能長生. 시이성인후기신이신선是以聖人後其身而身先, 외기신이신존外其身而身存. 비이기무사야非以其無私耶. 고능성기사故能成其私. 하늘과 땅은 영원무궁하다. 하늘과 땅이 장구할 수 있는 까닭은 스스로를 위해 살지 않기 때문이다. 이런 까닭에 성인은 자신을 남보다 뒤로 돌림으로써 남보다 앞에 설 수 있게 되고, 자신을 잊고 남을 위함으로써 자신이 존재하게 된다. 이는 무사無私하기 때문이 아니겠는가? 그러므로 자신이 영원하고 완전한 존재로 만들어지게 되는 것이다.

한 박자 쉬는
박자감이 필요하다

국어시간

**모든 게 자극적인 세상. 뭔가를 자랑하고 싶어도 기뻐서 환호할 때도,
한숨 죽이는 박자감이 우리네 인생에 꼭 필요하다.**

알랭 드 보통은 오늘날의 뉴스 세태를 보고 이렇게 평했다. '유
명한 소설을 요즘 기사처럼 자극적으로 뽑아내면 소설 주인공 대
부분이 도덕적으로 용서받지 못할 것이다.' 인터넷 뉴스가 종이 신
문을 밀어내기 시작하면서 선정적인 기사 제목은 뉴스 생산의 알
파요 오메가가 되었다. 클릭수가 수입으로 직결되는 인터넷 신문
의 수익 구조상 기자들만을 탓하기도 어렵지만, 그럼에도 불구하
고 종종 인터넷 기사를 보기가 민망할 때가 있다.

알랭 드 보통의 말대로 몇몇 유명 소설을 요즘 인터넷 기사 느
낌으로 만들어보자. '자신의 치료비를 위해 친딸을 인신매매 범죄
소굴에 팔아넘긴 인면수심 아버지의 이야기.' 이게 바로 〈심청전〉

이다. '전쟁에서 부상을 입고 하반신 불구가 되어 돌아온 남편을 버리고 산지기와 눈이 맞아 달아난 요부.' 이건 로렌스의 《채털리 부인의 사랑》을 한 줄로 요약한 것이다. '열두 살 소녀에게 반해 소녀의 어머니와 거짓 결혼을 하고, 결혼한 아내가 죽자 끝내 소녀에게 연정을 노골적으로 표현한 40대 중년 교수의 비뚤어진 성욕'이 바로 우리가 아는 《롤리타》의 줄거리다.

'어머니의 장례식에서 눈물 한 점 흘리지 않은 냉혈한이 장례가 끝나자마자 사모하는 여인과 영화를 보고 해수욕을 즐기다가 길에서 느닷없이 총을 빼들고 사람을 쏴 죽이는 이야기'는 그 유명한 카뮈의 《이방인》이다. '작곡 영감을 얻기 위해 방화와 시간屍姦을 서슴지 않는 파렴치한'이 주인공인 소설은 김동인의 대표작 〈광염 소나타〉다.

최근 맨부커상을 수상해 화제가 된 한강의 《채식주의자》도 이런 식으로 자극적으로 요약한다면 도저히 감당할 수 없을 게다. '형부가 처제에게 반한다. 처제의 사랑을 얻기 위해 자신의 온몸에 꽃을 그리고 처제를 찾아간다. 그리고 자신과 처제의 정사를 동영상으로 남긴다. 그 영상을 본 아내는 자신의 남편과 동생을 정신병원에 가두어버린다'가 바로 장안의 화제인 《채식주의자》 연작 가운데 〈몽고반점〉의 줄거리다. 서점에 가보니 아예 한 섹션 전체가 한강 작가의 작품으로 가득 차 있었다. 문득 〈몽고반점〉의 줄거리를 저렇게 원색적으로 써서 서점 매대 위에 올려놓는다면, 과연 몇 명의 독자가 그곳에서 책을 집어 들까 상상해봤다.

알랭 드 보통의 일갈이 없더라도 나는 작금의 도를 지나친 뉴스 제목이 늘 귀에 거슬렸다. 중용의 덕을 지키지 못하면 얼마나 우리네 삶이 피폐해지는지, 일찍이 퇴계 선생은 이를 간파하고 대안을 강구하셨다. 바로 사액서원을 통해서다(천원 권 신권에 나와 있는 도산서원이 바로 사액서원이다).

퇴계는 사액서원의 필요성을 집요하고도 강력하게 주창했다. 사액서원이란 말 그대로 풀면 액자를 선사받은 서원이라는 말이다. 당연히 선사의 주체는 임금이다. 한마디로 왕이 인정한 서원이란 뜻. 퇴계가 학문을 닦던 당시, 조선에서 평화로운 정권 교체란 존재하지 않았다. 자기 정파의 의견이 받아들여지던지 아니면 곧 멸문지화를 당하는 것, 이 두 가지 결과밖에는 없는 것이 당시 조선 시대 정치판의 현실이었다. 이런 정치 상황에 따른 조광조의 죽음에 퇴계는 큰 충격을 받았다.

퇴계는 이런 극단적인 상황을 피할 수 있는 대안으로 국가가 인정한 공식적인 교육기관의 설립을 생각해냈다. 자신의 정치적 견해를 피력해서 받아들여지면 열심히 정무를 살피면 되고, 받아들여지지 않으면 사액서원으로 물러나 다시 학문에 정진하면 되는 것이다. 야구로 치면 1군과 2군이 있듯이, 퇴계 역시 정무를 담당하는 신하들 가운데 강한 2군을 만들어 조선의 이상을 뒷받침하려 한 것이다. 게다가 1군과 2군의 이동을 자유롭게 해, 꼭 죽음으로 이어지는 정권 퇴진이 아닌 유연한 진퇴를 가능케 했다.

사마천의 《사기》에는 한신이란 장수가 등장한다. 어느 날 유방이 대장군 한신과 술잔을 기울이다가 물어본다. "장군 내가 만약 그대처럼 군사를 지휘한다면 몇 명이나 지휘할 수 있겠소?" 한신은 답한다. "한 십만 정도는 능히 거느리실 수 있을 겁니다." 유방이 다시 묻는다. "허면 공은 얼마나 거느릴 수 있소?" 한신이 일말의 지체도 없이 답한다. "다다익선. 신이야 많으면 많을수록 좋지요." 크게 내색은 안 하지만 유방은 내심 기분이 상한다.

이 일이 원인이 되었는지 확언할 수는 없지만 결국 한신은 유방이 항우를 이기고 한나라를 세우는 데 압도적인 공을 세우고도 결국 토사구팽당한다. 이 다다익선의 일화를 통해 사마천은 한신이 얼마나 '자기과시욕'에 사로잡혔는지 보여준다. 자기과시욕에 사로잡힌 사람은 좌우를 살피지 못한다. 균형감을 잃고 극단적인 선택을 하는 경우가 많다.

나관중의 《삼국지연의》에 등장하는 양수는 한술 더 뜬다. 한신이 천하제일의 장수라면 양수는 천하제일의 브레인이다. 조조가 새로 만든 정원을 둘러보고는 정원의 문에 活[살다 활]을 적어놓고 가자, 정원 공사 책임자는 무슨 의미인지 몰라 전전긍긍하고 있었다. 그때 양수가 나타나 문제를 해결한다. "活을 門[문 문]에 적어놓았으니 이건 闊[넓다 활]을 의미한다. 그러니 문이 너무 넓다는 승상의 뜻이오. 문을 줄이시오." 과연 문을 줄여놓으니 조조가 감복한다.

하루는 타락죽을 선물 받은 조조가 한술 먹어보더니 그릇에 슴[합하다 합]이라고 적어놓는다. 아무도 그 뜻을 몰라 궁금해하고 있는데 양수가 나타나 타락죽을 한술 먹고는 모두에게 먹어보라며 권한다. 다들 놀라며 승상이 받은 귀한 선물을 허락도 없이 먹는다고 나무라자 양수는 답한다. "합슴을 파자하면 사람ㅅ마다 한一입口씩 먹으라는 거요."

이렇게 똑똑한 양수가 자신의 재능을 과시하다 죽임을 당하게 된 사건이 있다. 한중을 둘러싸고 촉과 전쟁을 벌이던 조조. 승패가 명확하지 않은 지지부진 전쟁이 길어진다. 그러던 어느 날 삶은 닭을 먹던 조조는 깊은 생각에 잠긴 채 계륵이라고 중얼거린다. 마침 암구호를 받으러 온 하후돈은 '계륵, 계륵' 중얼거리는 조조의 말이 암호인 줄 알고 각 진영으로 전파한다. 한편 계륵이란 암구호를 전달받은 양수는 갑자기 병사들에게 짐을 싸라고 명을 내린다. 하후돈이 깜짝 놀라 양수에게 왜 조조의 명도 없이 퇴군 준비를 하냐고 묻자 양수는 이렇게 답한다.

"오늘 밤 암호를 보고 위왕이 곧 퇴각을 결심하리라 예상했습니다. 계륵이란 것이 본디 먹자니 살점이 없고 버리자니 아까운 것입니다. 여기 한중이 꼭 계륵과 같습니다. 금명간 퇴각 명령을 내릴 것이 확실하니 그때 가서 병사들이 허둥대지 않게 미리 짐을 싸라고 명한 겁니다." 다음 날 놀랍게도 퇴각 명령이 떨어진다. 하지만 얼마 지나지 않아 양수는 참수를 당한다. 자신의 심중을 너무도 잘 아는 양수를 조조가 두려워했던 것이다.

　토사구팽과 계륵. 토끼와 개와 닭이 주는 지혜를 우리는 새겨야 한다. 중용의 덕. 우리가 중용의 덕을 지켜야 하는 가장 큰 이유는 우리의 판단이 그다지 정확하지 않기 때문이다. 시간의 진행과 더불어 정답이 오답이 되고, 오답이 완벽한 정답이 되는 경우가 허다하다. 우리가 사랑하는 분식 메뉴인 쫄면은 배합 실수로 질기고 굵게 뽑힌 국수에서 비롯되었다. 샴페인은 또 어떤가. 겨울에 미처 발효되지 못한 수도원의 와인이 봄에 2차 발효를 통해 펑! 펑! 소리를 내면서 터지자, 수도사들은 악마의 장난이라고 기겁을 했다가 맛을 보곤 독특한 기포와 와인의 조화에 반해 일부러 샴페인을 제조하게 된 것이다.

　뭔가를 자랑하고 싶어도 한숨 죽이고, 누군가에게 지적을 하고 싶어도 한숨 죽이고, 기뻐서 환호할 때도 역시 한숨 죽이는 박자감이 우리네 인생에 꼭 필요하다. 모든 게 선정적이고 자극적인 세상에서 한 박자 쉬는 일은 결단코 쉽지 않다. 하지만 어렵사리 해낸다면 당신의 행복지수는 분명 한 단계 뛰어오를 것이다. 이어서 에밀 아자르의 《자기 앞의 생》 가운데 한 구절을 함께 나누고 싶다. "흰색은 흔히 그 안에 검은색을 숨기고 있고, 검은색은 흰색을 포함하고 있다."

인생에도 수학적 사고가 필요한 순간이 있다

수학시간

한정된 자원으로 어떻게 전력을 극대화할 수 있을까.
전쟁의 핵심은 손빈이 활약하던 춘추전국시대나
미사일이 날아다니는 현대나 원활한 군수 물자 확보에 달려 있다.

얼마 전 '학벌 없는 사회'라는 시민단체가 자진 해산을 고했다. 대학평준화, 서울대 해체 등의 논쟁적인 화두를 17년간 꾸준히 던져오던 단체다. 학벌주의의 병폐를 개선하고자 다양한 노력을 기울여왔다. 그런데 이 단체가 왜 돌연 자진 해체를 결정했을까? '학벌 없는 사회'는 이렇게 해산의 변을 늘어놓았다. "대한민국은 여전히 학벌 사회다. 입시 경쟁과 교육 왜곡은 심각하다. 그러나 한국 사회에서 학벌이 더 이상 권력 획득의 주요기제로 작동하지 않는다. 자본의 독점만이 더욱 가열차게 권력 획득의 기제로 작동하고 있다. 이에 단체를 접고 새로운 운동을 모색하고자 한다."

학벌學閥. 사전적 의미로는 '학문을 닦은 정도' 혹은 '학교 교육을 받은 정도'라고 되어 있지만, 실제 학벌이란 단어에 내포된 의미는 꽤나 부정적이다. 재벌財閥 군벌軍閥 등, 벌閥이란 접미어는 어디에 붙든 결국 본질에 고약한 냄새가 나는 정치적인 알력을 덧댄다. 그냥 천문학적인 액수의 돈이 아니라 거기에 독점과 일가친척들의 협잡이 끼어든 게 재벌이요, 그냥 총칼이 아니라 군사력에 정치적인 입김이 개입된 게 군벌이다. 학벌이란 또 무엇인가? 단순한 배움의 정도正道가 아니고, 그걸 매개로 한 추잡하고 악취를 풍기는 권력 쟁탈전이다.

그러고 보니 내 학창 시절이 생각난다. 중학교 3학년이 되던 첫날. 멀리 저 광야에서 오래된 전설 '짱돌' 선생님이 뚜벅뚜벅 백마를 타고 도착했다. 이런 젠장! 내가 굳이 왜 전설을 맞닥뜨려야 하는가. '앞으로 1년간 내 학교생활은 어디로 가는 걸까?' 암담함과 우울함이 동시에 내 뺨을 후려갈겼다.

'짱돌'이란 별명을 가진 체육 선생님. 별명만으로 대다수의 독자들이 예상할 수 있듯이, 그는 학생주임이란 타이틀을 가지고 있었다. 중고교 시절 어느 학교에나 적어도 한 분씩은 존재하는 무시무시한 선생님.

이런 '레전드급' 선생님들에게는 반드시 그 별명으로 불리게 된 계기, 즉 탄생 설화가 존재한다. 내가 중학교 2학년 당시 전해 들은 '짱돌 선생님'의 일화는 다음과 같다. 늘 학생들을 선도하고 지도하는 데 여념이 없는 선생님 앞에 어느 날 엄청난 내공을 가진 말썽꾼이 등장했다. 선글라스를 벗으면 드러나는 선생님의 붉은 얼굴 한 방이면 웬만한 말썽쟁이들도 일거에 제압을 당했는데, 하필 그 녀석은 필사적으로 반항했다.

한 방에 다른 사람을 제압하던 사람은 크건 작건 저항이 발생하면 당황하기 마련이다. 당시 쌍돌 선생님은 예기치 못한 저항에 그만 운동장 한구석에 가지런히 놓인 '큰 자갈돌'을 손에 쥐었다고 한다. 물론 이 탄생 설화는 우리 반 최고의 떠버리에게 들은 관계로 그 진위를 이 자리에서 논하기는 무척이나 조심스럽지만, 다만 독자들의 궁금증을 차마 외면치 못하겠기에 밝히는 바이다.

아무튼 쌍돌 선생님은 3학년을 시작하는 첫날부터 강렬하게 우리들의 기선을 제압했다. "앞으로 너희들은 1년간 고교입시를 위해 최선을 다해야 한다. 우리 반은 전교에서 가장 높은 인문계고 합격률을 보이며 학년을 마치게 될 것이다. 나는 담임으로서 최선을 다할 것이고 너희들은 반드시 나를 따라야 한다." 대강 이런 취지의 일장 훈시가 이어졌고 그 대춧빛 얼굴에서 뿜어져 나오는 아우라에 눌린 한숨과 깊은 신음이 교실 여기저기서 새어 나왔다.

그날 이후 우리 반은 흡사 신병교육대처럼 규율과 구호로 가득 찼다. 쌍돌 선생님의 가혹한 방침 가운데 아직도 기억에 생생한 것은 이른바 '학력 개선용 짝 매칭 시스템'이다. 선생님은 중간고사나 기말고사, 모의고사 등등 거의 매달 벌어지는 시험 결과에 따라 강제적으로 짝을 맺어주었다. 서로서로 도와가며 학습능력을

올리라는 취지로 1등과 60등이, 2등과 59등이, 3등과 58등이 짝이
되는 방식이었다.

　　아이들은 당황하기 시작했다. 대놓고 성적을 공개하는 것과
크게 다를 바 없는 이 폭력적이고 야만적인 방법에 많은 아이들이
뒤에서 구시렁댔다. 그러나 대부분은 짱돌 선생님의 탄생 설화를
사실로 믿는 눈치로 누구 하나 먼저 반기를 드는 용기를 보이지 못
했다. 영화 〈위플래시〉의 지휘자 플랫처(J.K. 시몬스 분)가 단원들을
몰아치는데 누구 하나 대들지 못하듯, 우리 역시 침묵을 지켰다(며
칠 전 글을 쓰다가 문득 졸업 앨범을 찾아보고는 깜짝 놀랐다. 짱돌 선생님과 플
랫처의 싱크로율은 97퍼센트! 짱돌 선생님의 머리숱이 단연 풍성하다는 점만
빼면 도플갱어라 해도 믿을 정도다).

　　우리 반은 이런 일대일 짝 매칭 시스템으로 인해 매달 초 짝이
바뀌었다. 하지만 내 짝꿍은 1년 내내 바뀌지 않았다. 나와 녀석의
성적은 소나무처럼 변하지 않았다. 녀석은 몹시 각진 얼굴에 검정
색 뿔테 안경을 쓰고 다녔고 우리보다 족히 서너 살은 많아 보였다
(내 기억이 정확하다면 실제로 한두 살 많았다). 크리스토퍼 리브 주연의
〈슈퍼맨〉 속 변신 전 클라크 켄트 기자의 모습과 꽤나 닮아 있었다.

　　내 짝꿍 '슈퍼맨'은 공교롭게도 슈퍼마켓 집 아들이었다. 학교
에 오면 아침부터 어제 먹은 과자 얘기만 줄기차게 해댔다. '오징
어땅콩 과자에서 땅콩 함량이 줄었다'거나 '죠스바의 딸기 맛 부분
이 미세하게나마 늘어났다'는 등의 날카로운 과자 비평이 이어졌

다. 하지만 오징어와 상어의 가열찬 응원에도 불구하고, 슈퍼맨의 성적은 1년 내내 달라지지 않았다.

짱돌 선생님의 바람과는 달리 내가 슈퍼맨을 위해 할 수 있는 일은 많지 않았다. 영어시간을 대비해 교과서를 읽어주는 것 정도가 전부였다. 영어 선생님은 예컨대 5일이면 5번, 15번, 25번, 35번에게 교과서를 읽게 했기 때문에 슈퍼맨이 걸릴 날이면 한글로 영어 발음을 또박또박 적어주어야 했다. '히즈 데쓰 워즈 어 컴플릿 서프라이즈… 신스 히 룩트 헬씨… 더 데이 비포 히 다이드.' 어쨌든 영어시간이 있는 날이면 슈퍼맨은 짱돌 선생님의 짝 매칭 시스템이 무척이나 효과적이라고 칭찬해댔다.

그러던 어느 날, 우리가 전혀 예상치 못했던 짱돌 선생님의 정책이 또 하나 시행되었다. 종례시간마다 선생님은 칠판에 어려운 수학 문제를 하나씩 적은 다음, 전원이 문제를 풀이해 답을 내야만 하교를 할 수 있다는 무시무시한 조건을 내걸었다. 나는 우선 체육 선생님이 어떻게 저런 어려운 수학 문제를 매일 내고 문제 풀이까지 해주는지 이해가 안 갔다. 그러던 중 심부름 차 교무실에 갔다가, 수학 선생님께 과외를 받는 짱돌 선생님의 모습을 보고야 말았다. 미스터리는 풀렸다. 하지만 정말 대단한 정성이자 오지랖이라는 생각은 지울 수 없었다.

어쨌든 나는 처음엔 짝 매칭 시스템의 취지에 충실하게 슈퍼맨에게 문제 풀이를 이해시키고자 노력했다. 하지만 안타깝게도 수학 문제는 지나치게 어려웠다. 식과 답을 외우게도 해봤지만 워낙 고난이도 문제라 암기도 쉽지 않았다. 짱돌 선생님이 왜 이리 수학에 집착하는지 원망스러웠다. 선생님은 다른 과목에는 눈길도 안 주고 1년 내내 수학 문제 내기에 몰두했다. 크노소스 궁전 미로에 갇힌 미노타우로스가 매일 60명 중 30명 넘게 발생했다.

슈퍼맨은 카스타드나 핫브레이크 같은 과자로 자신 때문에 내가 늦게 하교하게 되는 상황에 대해 미안함과 고마움을 표시했지만, 다시 다음 날 아침이면 나는 '빼빼로의 초콜릿 두께가 얇아졌다'는 슈퍼맨 특유의 예리한 분석과 어제는 수학 문제 때문에 얼마나 오래 미로에 갇혔는지에 대한 불평불만을 동시에 들어야 했다.

슈퍼맨의 가장 큰 불만은 '도대체 내 인생에 수학이 뭘 필요가 있나!'는 것이었다. 사실 슈퍼맨의 외침은 학창 시절 수학을 싫어한 대부분의 사람들이 공통적으로 던지는 볼멘소리다. '미적분이 밥 먹여주나?' 혹은 '로그함수, 삼각함수 알아봐야 인생살이에 아무 도움도 안 된다'가 그들의 주된 주장이다. 비록 슈퍼맨의 절규에는 십분 이입되었지만, 나는 대부분의 사람들이 주장하는 '수학 무용론'에는 조금도 동의할 수가 없다.

영화 〈이미테이션 게임〉을 보면 시조새 버전의 컴퓨터가 등장한다. 이른바 '튜링 머신'이라 불리는, 수학자 앨런 튜링이 혼신의 힘을 다해 만든 기계장치다. 오늘날 우리네 삶의 9할을 이루고 있는 컴퓨터와 스마트폰은 결국 수학에서 나온 산물이다. 영화에도 나오지만, 앨런 튜링은 이 튜링 머신을 이용해 암호를 해독해 제 2차 세계대전에서 연합군의 승리에 크게 기여했다. 앨런 튜링의 땀과 열정 덕분에 히틀러로 인한 무고한 희생이 줄어들었다. 과연 이래도 수학이 무용한가!

제2차 세계대전에서 수학이 활용된 또 하나의 예는 '선형계획법'에서 잘 드러난다. 조지 버나드 댄치그라는 미국의 수학자가 있다. 흔히 '선형계획법의 아버지'라 불린다. 수학에 천재적인 재능을 지닌 조지 댄치그는 제2차 세계대전 당시 전쟁의 핵심이던 군수 문제 해결에 자신의 재능을 가감 없이 발휘했다. 한정된 철, 한정된 석탄, 한정된 화약 그리고 한정된 노동력을 가지고, 몇 개의 총알과 몇 개의 미사일 그리고 몇 대의 탱크를 만들어야 연합군의 전력을 극대화할 수 있는지 하는 미 국방부의 고민을 그가 해결한 것이다. 전쟁의 핵심은 손빈이 활약하던 춘추전국시대나 미사일이 날아다니는 현대나 원활한 군수 물자 확보에 달려 있다. 조지 댄치그 역시 앨런 튜링만큼이나 히틀러로 인한 무고한 희생을 줄이는 데 큰 공헌을 했다.

참, 그에겐 재미난 일화가 있다. 버클리대학교에서 공부하던 중 하루는 수업에 지각하게 되었다. 담당 교수는 칠판에 문제 하나를 적어놓았고, 조지 댄치그는 당연히 숙제라 생각하고 노트에 적어가 끙끙대며 일주일 만에 문제를 풀어냈다. 평소보다 어려운 숙제를 풀고 나서 뿌듯해하며 담당 교수에게 답을 제출했더니, 교수는 이렇게 말했다. "자네는 현재 수학계에서 누구도 풀어내지 못한 통계학의 난제를 풀었다네! 이런 난제가 있다고 학생들에게 알려주려고 쓴 문제였다네. 학생들에게 풀라고 낸 숙제가 아니고." 어디선가 들어본 얘기 아닌가? 이 일화는 훗날 맷 데이먼이 시나리오를 쓴 영화 〈굿 윌 헌팅〉의 모티브가 되었다.

우리네 범부의 평범한 인생도 조지 댄치그의 선형계획법의 그림자에서 결코 자유롭지 못하다. '한정된 보너스로 어디로 휴가를 떠나는 게 가장 즐거울까?'라는 사소한 문제부터 부모라면 가장 큰 관심사인 '아이의 재능을 어떻게 발견하고 이끌어줄 것인가?' 하는 자식 진로 문제까지. 아이의 재능은 무엇이며 뒷받침할 수 있는 부모의 능력은 어떠한지 고루 고려해야 행복한 삶으로 다가갈 수 있다.

그런 의미에서 요즘 아이 학원이나 과외에 수입의 대부분을 쓰는 부모들을 보면 정말 안타깝다 못해 등짝을 한 대 후려치고 싶다. 정신 좀 차리라고. 우선 아이의 재능이 공부에 있는지 확실치 않은 경우가 태반이다. 설혹 공부에 재능이 있다 해도 부모의 노후 자금이나 갑작스런 중병에 대비한 병원비 등 꼭 필요한 가계 자금을 깡그리 무시하고, 아이의 사교육비용에 모든 수입을 쏟아붓는 세태는 분명 문제가 많다.

내 학창 시절 짱돌 선생님에겐 중3 담임으로서 많은 아이들을 인문계 고교에 보내는 게 지상과제였겠지만, 60명의 아이들에겐 중학교 3학년이라는 1년의 시간이 오롯이 공부만을 위해 존재하는 건 아니었다. 심지어 인문계 고등학교에 간다는 것이 반드시 행복을 담보하지도 않는다. 심지어 수학 문제를 매일 출제하며 아이들을 다그쳤다는 점은 정말 아이러니하다. 대전제도 틀려버린 상황에서 선형계획법과는 거리가 먼 방식으로 아이들의 행복을 추구하셨으니 정말 어처구니없는 일이다. 수학이 그렇게 중요하다고 생각했으면 선형계획법을 먼저 좀 생각하시지. 뭣이 중한지도 모르면서!

학벌이 자본에 밀려 더 이상 맥을 못 추게 되어 '학벌 없는 사회'가 자진 해체한다는 소식이 왜 이리 소태처럼 씁쓸할까. 기쁨의 환호는커녕 애달픈 한숨만 나온다. 정당한 타깃에 정당한 공격을 가해 이루어진 타파가 아니라서 그럴 게다. 학벌이란 악당을 우리의 힘으로 소탕한 게 아니라, 더 크고 더 잔혹한 자본이라는 악당, 아니 정확히 말하자면 물리칠 수 없는 천하무적 악마가 대한민국을 잡아먹었다. 그래서 학벌은 그저 그런 삼류건달로 전락했다. 마치 조정래 작가의 소설 《태백산맥》에서 OSS 훈련을 받은 김범우가 미처 활약을 벌이기도 전에 광복을 맞이한 상황과 비슷하다. 일제를 물리치는 데 힘 한번 제대로 써보지도 못한 채, 미국의 힘으로 독립을 맞이하게 된 안타까운 현실.

학벌이 아무런 힘을 발휘하지 못하게 됐다면 진정으로 기뻐할 일이다. 하지만 실상이 그렇다고 보기는 어려울뿐더러, 이제 '흙수저'들은 계층 이동을 위한 마지막 사다리마저 빼앗겨버린 꼴이 되었다. 더욱더 절망적인 일은 망조가 든 입시공화국의 부작용은 그럼에도 불구하고 여전하다는 점이다. 이런 걸 문화지체라고 해야 하나? 학벌은 이미 큰 힘을 발휘하지 못하는 사회가 되었는데 어리석은 부모들은 여전히 입시에 많은 돈을 쏟아붓고 있다.

물론 나 역시 그 어리석은 부모 중 한 사람이다. 자본이 모든 걸 대체하고 있지만 내겐 물려줄 돈이 없으니 아이에게 공부나 열심히 하라며 다그친다. 바닷물 마셔봐야 더 조갈 날 걸 안다. 허나 당장 목이 마르니 어쩌란 말인가. 아비로서 답답하고 무기력한 자조감이 엄습한다. 수학을 꽤나 잘했다고 자부하는 나지만, 내 인생에는 선형계획법을 제대로 적용하지 못하는 그저 어리석은 아버지다.

어쩌다 대한민국이 이 지경이 되었는지 모르겠다. 내가 아들에게 해줄 수 있는 일은 뭘까? 그런 일이 있기는 할까. 장강명의 소설 《한국이 싫어서》의 주인공인 계나는 두 번 한국을 떠난다. 첫 번째로 떠났다가 돌아와서는 원하는 모든 것을 얻었지만 그럼에도 결국 다시 대한민국을 떠난다. 아들에게 계나 누나라도 소개해줘야 할까? 고민이 어깨를 짓누르는 밤이다.

남자,
꿈꿀 자유를 얻어라

음악시간

셰익스피어가 말했다.
"우리 인간은 꿈같은 걸로 이루어져 있거든!"

나는 라디오 PD다. "라디오 PD의 가장 핵심적인 역할은 무엇인가?" 누가 묻는다면 한마디로 음악 고르는 일이라고 답한다. 라디오 프로그램을 만드는 일은 대개 모든 일이 그러하듯 실로 다층적이다. 프로그램을 새로 만들려면 우선 진행자부터 섭외해야 한다. 사실 라디오는 DJ 놀음이다. 디스크자키, 즉 음반을 다루는 사람이란 말이 무색하게도 요즘 DJ들은 음악을 직접 고르거나 걸지 않는다. 대체로 PD가 선곡하고 엔지니어가 디지털로 노래를 튼다. 그러니 진행자 혹은 MC가 적확한 표현이겠지만, 그럼에도 불구하고 나는 DJ란 호칭이 정겹다.

라디오 PD의 역할도 점차 음악 선곡보다는 특급 게스트를 섭외하거나 획기적인 이벤트를 기획하는 일에 집중되고 있는 실정이다. 요즘 PD들은 예외 없이 좋은 음악을 튼다. 기술의 발전 덕택이다. 좋은 음악을 인터넷 검색엔진으로 뚝딱 찾아낸다. 불과 10여 년 전만 해도 음반 자료실에서 CD를 찾아 음악을 틀었다. 날씨와 사연에 맞는 명곡의 데이터베이스를 머릿속에 많이 저장한 PD가 좋은 라디오 PD였다. 그런데 요즘은 인터넷 기반의 음반 프로그램이 있어서, 제목으로 가수로, 심지어 가사로도 검색이 가능하다(SBS 라디오의 경우에는 뮤직뱅크라고 부른다). 한마디로 음악 선곡만으로는 더 이상 승부를 볼 수 없는 시대가 되었다.

라디오 PD에게 선곡은 의미 없는 작업이 되었다. 아니, 의미는 있지만 승부를 볼 수 없는 영역이다. 그럼에도 라디오 PD로서 내 행복은 선곡에서 오고, 내 정체성은 음악을 한 땀 한 땀 성심껏 고르는 과정에서 정립된다. 경쟁사 PD들이 만든 프로그램을 듣다가도 유독 선곡에 신경이 곤두선다. 생각지도 못한 의외의 선곡인데 그날의 상황과 기분에 딱 들어맞을 때, 시샘이 불끈 솟구칠 때도 많다.

몇 년 전 〈DJ 철이의 아자아자〉라는 프로그램을 담당한 적이 있다. 주말에만 편성되어 있었지만, 하루 6시간 연속 방송이었고 생방송이었다. 마니아층이 꽤나 두터운 프로그램으로, 진행자인 신철은 획기적인 이벤트를 벌이기 좋아했는데, 하루는 '35시간 연속 생방송'이라는 아이템을 제안했다. 6시간 연속 생방송도 녹녹한 일이 아닐진대, 35시간 연속 생방송이라니! 밥은? 화장실은? 35시간 내내 목소리가 쉬지 않고 나올까? 새로운 콘셉트의 이벤트를 만들 때 뿜어져 나오는 설렘이나 아드레날린보다는 생방송 사고에 대한 우려가 컸다.

우여곡절 끝에 생방송은 시작되었고 처음 10시간 정도는 DJ 신철 특유의 파이팅으로 활기차게 버텨갔다. 하지만 새벽이 되자 허기를 채울 약간의 음식과 휴식이 절실히 필요해졌다. 빵조각이라도 씹으며 숨을 돌릴 시간이 필요한 그 절체절명의 순간, 내가 꺼내든 곡의 리스트는 다음과 같다.

다이어 스트레이츠의 〈Sultans Of Swing〉, 이글스의 〈Hotel California〉, 펫숍 보이즈의 〈It's a Sin〉, 퀸의 〈Bohemian Rhapsody〉, 이스라엘 카마카위올레의 〈Over the Rainbow & What a Wonderful World〉, 빌리 조엘의 〈Piano Man〉. 누구나 좋아하는 명곡이면서 동시에 5분 이상 넘어가는 대곡.

이 중 내가 가장 좋아하는 곡은 〈Piano Man〉이다. 우선 가사가 '메타픽션'적 요소로 가득 차 있다. 흡사 브레히트 서사극을 보거나 반스의 《플로베르의 앵무새》를 읽는 느낌이다. 데뷔 앨범의 실패 후 허름한 바에서 피아노를 치며 노래 부르는 걸 호구지책 삼았던 빌리 조엘의 신산한 경험이 적당히 센티멘털하고 적당히 기분 좋게 버무려진 노래. 가사는 심장을 찌른다.

"토요일이라 그런지 손님이 많군요. 매니저가 나에게 미소를 날리네요. 왜냐하면 나를 보기 위해 손님들이 온 걸 알거든요. 인생을 잠시 잊고자 사람들은 여기로 몰리죠. 그리고 피아노 소리는 축제 같아요. 마이크에서는 맥주 냄새가 나고요. 바에 둘러앉은 손님들은 항아리에 팁을 넣으며 물어요. '자네 여기서 대체 뭐하는가? 노래를 해주게. 자네는 피아노맨이잖아. 오늘 밤 우리를 위해 노래를 불러주게.'"

환상적인 가사보다 더 좋은 건 멜로디와 하모니카 소리다. 그런데 나는 도대체 왜 유독 이 노래의 하모니카 소리에 빠져들까! 이유를 곰곰이 생각해봤다. 아마도 고등학교 시절 음악시간의 추억 때문인 것 같다. 고등학교 1학년 3월의 음악시간이었다. 베토벤 머리를 한 음악 선생님은 기말고사 실기시험으로 악기 연주를 테스트한다고 예고했다. 피아노든 리코더든 바이올린이든 하여간 뭐든 다 괜찮고 심지어 곡목도 자유라고 했다.

나는 뭐를 연습해야 할지 깊은 고민에 빠졌다. 초등학교 시절 피아노 학원을 두 해 넘게 다녔지만 〈나비야〉조차 양손으로 치지 못하는 기괴한 실력이었기 때문이다. 고민 끝에 하모니카를 연습하기로 결심했다. 나는 왠지 하모니카 소리를 들으면 해 질 녘 숲 속을 걷는 기분이 들었다. 약간의 순수와 약간의 우수가 혼합된 맑은 감정이 악기에서 뿜어져 나왔다.

어느덧 실기시험 날. 나는 제대로 연주할 수 있는 곡이 단 한 곡도 없었다. 세 살짜리 아이가 걸음을 옮기듯 뒤뚱뒤뚱 음표와 음표가 겨우 접선했다. 재능도 없는데 연습도 안 했으니 제대로 된 연주가 나올 리 만무한 상황. 60명의 아이들 중 대부분은 능숙하게 피아노를 연주했고, 나를 포함해 고작 10여 명의 아이들만이 하모니카 혹은 리코더를 불었다.

내가 다니던 학교는 외국어고였는데, 자체 선발시험을 따로 치러서인지 대체적으로 학력 수준이 상향 평준화되어 있었다. 하지만 아이들 집안의 경제력 수준은 천차만별이었다. 학교 건물은 비록 강동구에 있었지만, 우리 반 아이들의 7할은 강남에서 왔다. 열손가락 안에 드는 재벌 D그룹의 장녀나 L그룹 딸내미도 있었고, 이름만 대면 아는 브랜드의 운동화 집 아들도 있었다. 판검사나 의사 아버지를 둔 아이들 역시 발에 차일 정도로 많았다. 이런 친구들은 대부분 강남에서 스쿨버스를 타고 등교했다. 반면 나를 포함해 걸어서 등교하는 강동구 아이들 중에는 저녁 급식비가 없어 한여름에도 도시락을 두 개씩 싸 오는 친구들이 더러 있었다. 공교롭게도 하모니카 혹은 리코더를 불어 기말 실기시험을 치른 친구들은 예외 없이 강동구 아이들이었다.

〈Piano Man〉이란 노래는 또 어떤가! 오일쇼크의 한파가 몰아치던 70년대 뉴욕 브롱스 거리는 직업을 잃은 사람들로 가득했다. 여기에 더해 무명의 작가, 배우, 가수 들이 허름한 바에 하나둘 모여 싸구려 럼주 한 잔에 시름을 달랜다. 그때 저 멀리서 울려 퍼지는 위로의 노래가 바로 피.아.노.맨.이다. 이 노래를 통해 나는 뉴욕에서 일도 하고 거주도 하는 사람과 뉴욕에서 일만 하는 사람, 세상이 그렇게 나뉘어 굴러간다는 냉엄한 현실을 일찍이 배웠다.

요즘도 나는 가끔 우울하거나 속상한 일이 있으면 맥주 한 잔과 〈Piano Man〉을 들이킨다. 특히나 전주와 간주에 울리는 하모니카 소리는 까닭 모를 위안과 위로를 준다. 이 노래에서 위안과 위로를 느낀 게 비단 나만은 아닌 듯싶다. 드라마를 찍는 안판석 PD도 그랬을 거라고 확신한다. 그는 무조건 믿고 찾아보는 명품 연출을 선보인다. 나는 언젠가 그의 작품 〈밀회〉를 보다가, 우리가 똑같은 위안과 위로의 감정을 공유하고 있다는 확신을 가졌다. 그렇지 않고서야 드라마 역사상 최초로 팝송이 그것도 5분이 넘는 대곡이 단한 소절도 잘리지 않고 온전하게 전파를 탔겠는가!

여기 사랑하는 두 남녀가 있다. 선재(유아인 분)와 혜원(김희애 분). 사랑의 도피를 떠나 밤을 지새운 다음 날 아침, 각자의 자리로 돌아가야만 하는 냉혹한 현실에 두 남녀는 괴롭다. 서로의 다른 처지를 인정할 수밖에 없는 서글픈 상황. 멍하니 앉아 있는 그 순간 흐르던 〈Piano Man〉의 선율. 혜원과 선재는 하나씩 나눠 낀 이어폰을 통해 〈Piano Man〉을 들으며 함께 울고 다시 함께 웃는다. 선재는 혜원을 줄기차게 설득한다. 자신이 속한 세상으로 넘어오라고, 자유롭게 진짜 사랑을 나누자고. 하지만 혜원은 모든 걸 희생한 대가로 편입한 '상류사회'를 쉽사리 버리지 못한다.

가난한 고학생이던 혜원은 재벌 2세 영은(김혜은 분)에게 빌붙

어 뉴욕에서의 유학생활을 겨우 이어갔다. 그 시절을 회상하며 선재에게 〈Piano Man〉에 얽힌 추억을 이야기해준다. "매일 밤 클럽에 가서 노는 영은이를 기다렸어. 주로 그랜드센트럴 역 근처 카페에서 시간을 죽였어. 거기엔 교외로 나가는 기차를 기다리는 사람들로 가득했지. 온갖 허드렛일로 피로에 절은 사람들이었어. 그때 일정한 시간이 되면 이 노래가 카페에서 흘러나오는 거야. 나도 그들도 이 노래로 위로를 얻었어."

그랜드센트럴 역이란 어떤 곳인가! 그곳은 세계에서 가장 화려한 도시 뉴욕에서 일하고 있지만, 발붙일 곳 없는 신세의 사람들이 매일 밤 모이는 곳이다. 새벽부터 비지땀을 흘리며 일하지만 집세를 감당할 수 없는 가엾은 영혼들. 그래서 그랜드센트럴 역의 카페는 고되고 서럽고 구슬프고 아프다. 땀 냄새와 눈물 자국이 가득한 공간. 피아노에 대한 천부적 재능을 타고났지만 흙수저 중의 흙수저인 선재에게는 길이 보이지 않는다. 고액 피아노 레슨을 받고 다시 고액 피아노 레슨을 하면서 돈을 버는 세상. 그들이 사는 세상은 선재에게는 말하자면 발붙일 곳 없는 뉴욕이다. 아무리 재능이 뛰어나도 그곳은 선재에게 송곳 꽂을 땅조차 허락하지 않는다. 두 명의 영혼은 노래를 들으며 하염없이 흐느낀다.

요즘 뉴스를 보면 마음이 답답해진다. 고달픈 세상사에 많은 젊은이들이 괴로워하고 있다. 무조건 '노오력'만 하라는 꼰대들의 말은 나부터도 부대낀다. 하지만 경제적인 어려움이 발목을 잡더라도 절대 낙담할 필요는 없다. '노오력'을 통해 경제적으로 성장할 수 있어서가 아니다. 자유가 있다면, 정확히 다시 말해 꿈꿀 수 있는 자유가 있다면 얼마든 행복해질 수 있기 때문이다. 나이 마흔 먹은 '개저씨'로서 내가 이렇게 말할 자격은 없지만, 그럼에도 불구하고 '어떤 상황에도 주눅 들지 말라'는 말은 꼭 전하고 싶다. '노오력'해서 뭔가를 이루는 게 전부가 아니다. 하지만 절망하거나 주눅 들면 그걸로 끝이다.

셰익스피어가 말했다. "우리 인간은 꿈같은 걸로 이루어져 있거든!" 정작 중요한 건 꿈이고 꿈을 이룰 수 있는 자유다. 드라마 속 선재와 혜원 역시 결국엔 자유를 얻었다. 물론 수많은 물질적 풍요를 포기하고 그 대가로 얻은 자유다. 아무리 표현을 달리해보아도 마지막 글 몇 줄은 꼰대의 '훈계질'로 보이겠지만, 그럼에도 불구하고 한 조각의 진심이라도 전해지길 빌어본다.

경주마처럼
앞만 보지 말 것

체육시간

**인생은 어차피 과정의 적분으로 이루어진 것이기에 그 하나하나의
선을 즐겨야 한다. 덩어리의 넓이만 재면 끝이 아니란 말이다.**

엊그제 아이가 체육대회를 한다고 싱글벙글하며 등교했다. 체
육대회의 꽃은 뭐니 뭐니 해도 달리기. 어디서 그런 힘이 나는지 아
비는 목이 터져라 응원한다. 결과는 무려 2등! 부상으로 받아온 공
책을 흔들며 아이는 목이 쉰 아비를 바라본다. 의기양양하게 웃는
모습에 아비는 세상 전부를 얻은 양 행복해졌다. '30년 전이나 똑
같구나! 만국기 휘날리던 운동회 시절부터 지금까지 달리기 부상
은 늘 공책이구나…!'라는 생각에 실소가 터졌다. 그 웃음을 덩실
올라타고 나는 1987년의 운동회로 날아갔다.

1987년 가을. 만국기는 머리 위로 휘날린다. '사우디아라비아
어린이들은 정말이지 국기 그리는 미술시간이 골머리 터지게 싫

겠구나!'라는 생각에 잠기며, 할머니가 까 주시는 삶은 밤을 입에 넣고 우적우적 씹는다. 새벽부터 부지런을 떠신 할머니 덕분에 우리 돗자리는 나무 그늘이 시원한 철봉 옆에 있다. 해마다 가을 운동회를 앞둘 때면 할머니는 전날 밤부터 전장에 나선 척후병처럼 철저하게 사전답사를 하셨다. 시원한 돗자리에서 김밥과 과일을 먹는 건 운동회의 알파요 오메가였기 때문에 그토록 절실하셨던 걸까(그런데 요즘은 체육대회에 음식을 못 싸 간다. 대신 급식이 나온다. 정말 정없다).

드디어 운동회의 꽃! 달리기 대회가 시작된다. 해마다 달리기 시합 전엔 어머니의 무용담을 내 팔뚝 위의 송충이와 함께 경청해야 한다. "내가 시합에 나가면 학교가 아주 난리가 났어. 이 엄마는 하도 잘 달려서 전국대회까지 나갔단다. 달리기 시합에서 1등 해서 받은 공책이 너무 많아서, 네 외삼촌들까지 다 쓰고도 남았어. 너도 제발 공책 하나만 타와보렴. 엄마 소원이야! 우리 아들 달리기로 공책 한번 타보는 게. 지금도 4, 5등은 하잖니. 조금만 더 빨리 달리면 공책이야! 공책!"

그 순간 김밥 옆에 누운 단무지를 오도독오도독 씹으며 5학년의 김훈종 어린이는 어마어마한 결심을 하게 된다. '올해는 무슨 일이 있어도 공책을 손에 쥐고 돗자리로 돌아오리라. 내년엔 어머니의 무용담 대신 나의 무용담을 김밥과 버무려보리라. 화웅의 목을 벤 관우처럼 공책을 들고 돌아와 말하리라. "아직 아이스크림이 녹지 않았군."

그리고 갈리폴리 전장에 나온 전령의 심정으로 달리기 출발선 앞에 섰다. 나는 스스로에게 최면을 걸었다. '내가 3등 안에 들지 못하면, 내가 공책을 타지 못하면, 그렇게 되어버리면 내 전우들은 모두 적군의 포탄 아래 개죽음을 당한다.'

탕! 총성과 함께 내달린다. 1, 2, 3, 4학년 때와는 달리 나는 혼신의 힘을 다해 달린다. '전우들의 목숨이 내 두 다리에 달려 있단 말이야!' 8레인 가운데 2등으로 달리던 나는 기어이 1등을 한번 해보자고 욕심을 부린다. 코너를 도는 순간 다시 한 번 전력을 다해 치고 나간다. 순간 넘어져 흙먼지가 입안 가득 들어온다. 내 눈앞으로 아이들의 운동화가 지나간다. 하나 둘 셋 넷 다섯 여섯…. 창피함이 몰려오지만 꾹 참고 다시 일어나 결승점을 향해 달린다.

패잔병처럼 터벅터벅 돗자리로 걸어오는데 할머니와 어머니의 눈이 휘둥그레지셨다. 하얀 티셔츠 위로 선혈이 낭자했기 때문이다. 아픈 줄도 모르고 있던 나는 그제야 왼 팔꿈치가 피로 범벅이 되었다는 걸 알았다. 아직도 내 왼 팔꿈치엔 흉터가 선명하다. 정말이지 심하게 흙바닥을 긁은 것이다.

수돗가에서 물로 상처를 씻어내면서 쓰라림에 비명을 지르다가 문득 깨달음이 찾아왔다. 인생 12년 차 김훈종 어린이에게 '사람은 하던 대로 해야 하는구나! 먹던 대로 먹고 싸던 대로 싸고!'라는 진리가 번개처럼 머리를 탁 치고 지나간 것이다. '사람이 안 하던 짓 하면 죽어!'라는 할머니 말씀이 진리였음을 몸으로, 아니 정확히 말하자면 왼쪽 팔꿈치로 깨달았다.

그리고 1년 후, 1988년. 어디를 가나 올림픽 얘기가 차고 넘쳤다. 어눌한 발음의 '쎄울 꼬레아'가 현실화되어 내 눈앞에서 펼쳐졌다. IOC 위원장 사마란치가 마치 마법사라도 되는 양 외친 '쎄울'은 강력한 주문이었다. 하루하루가 축제였고 우리 선수가 금메달이라도 딸라치면 아무 관계도 없는 우리 동네에서도 돼지를 잡아야 할 것 같은 의무감에 사로잡혔다. 양궁의 김수녕은 사촌누나 같았고, 유도의 김재엽은 삼촌인 것만 같았다. 레슬링에서 메달이라도 나온 다음 날이면 남자아이들은 교실 뒤에서 무릎이 까지고 대가리가 깨지도록 뒹굴었다.

전두환의 3S 정책은 물론이요 그 뿌리가 된 살모사 세지마 류조에 대해서도 몰랐던 나로서는 올림픽은 그저 '지구 마을 한 가족 축제'였다. 우리 선수가 출전하는 경기는 물론이고 어느 순간 수영이나 육상처럼 대한민국은 아예 결선에도 못 오르는 종목까지 핏대를 올리며 보고 있었다. 그리피스 조이너를 보면서는 '운동선수가 저렇게 손톱을 기르고 매니큐어를 발라도 될까. 기록을 단 0.1초라도 줄여야 하는데 귀걸이며 팔찌는 왜 저렇게 주렁주렁 차고 있는 거야?' 라는 의문이 머리를 맴돌았다. 우리 임춘애 선수가 저런 차림으로 뛰었다가는 귀걸이 무게에 짓눌려 트랙 중간에서 픽! 쓰러질 것만 같았다.

그러던 중 나는 더 큰 충격에 빠지게 된다. 종목은 수영. 재닛 에번스라는 미모의 수영선수가 있었다. 올림픽 수영 3관왕이라는 업적을 남긴 엄청난 누나다. 특히나 당시 그녀가 세운 400미터 자유형 신기록은 2006년에야 깨졌을 정도로 역대급 수영선수였다. 게다가 엄청 예쁘기까지 했다(엊그제 그 누나 미모를 다시 한 번 보겠다고 사진을 검색했다가 '괜한 구글링으로 환상이 하나 날아가는구나!'라는 탄식이 나왔지만). 아무튼 써니텐을 흔들던 티파니처럼 예쁜 그 누나가 인터뷰에서 남긴 말은 어린 나에게 정말이지 충격 그 자체였다. 세계 신기록을 갈아치우며 올림픽 3관왕이 된 소감을 말해달라는 기자의 말에 그녀는 이렇게 답했다.

　　"우선 너무 기뻐요. 그런데 걱정이에요. 학교에 돌아가면 숙제가 밀려 있을 텐데… 어쩌죠? 시험도 봐야 하는데 올림픽 준비 때문에 공부를 많이 못 했어요. 꺄르르. 꺄르르."

　　헐, 뭐라고?! 세계 신기록을 세우는 올림픽 금메달리스트가 학교 수업을 듣는다고! 게다가 학교에서 숙제를 내주고 시험까지 보게 한다고! 그 학교는 제정신야?! 나는 어린 나이에 게거품을 물며 우리 예쁜 누나에게 시험을 보게 하고 숙제를 내준 이름 모를 교사에게 저주를 날렸다. 살을 날렸을 수도 있다. 뭣이 중한지도 모르면서! 아니 금메달리스트 누나에게 숙제를 내! 경기도 도 대회에 나가서 만날 꼴찌만 하는 우리 학교 축구부 녀석들도 수업을 밥 먹듯이 빼먹고 시험시간에 엎드려 자다가 나가는 판에. 내가 알기로 운동부는 공부도 안 하고 수업도 안 듣고 더구나 시험은 전혀 신경 쓰지 않는, 그야말로 아이들의 천국인데, 이 에번스 누나는 뭐지? 충격이었다.

내 의문은 올림픽의 여운이 가시고도 수년간 풀리지 않았다. 성인이 다 되어서야 우리나라만 유독 엘리트 스포츠에 목을 맨다는 슬픈 현실을 깨달았다. 학교 수업도 빼먹고 친구들과 즐거운 점심시간도 빼먹고 심지어 소풍이나 수학여행마저 박탈당한 그들은 오로지 메달을 위한 기계가 되어야 하는 것이다.

그러다 얼마 전 정지우 감독의 영화 〈4등〉을 보곤 사이다처럼 시원한 느낌을 받았다. 88년부터 내가 품어온 뭔지 모를 찝찝함이 한 방에 풀리는 기분이랄까. 에번스 누나로부터 생긴 의문이 알렉산더의 밧줄처럼 단칼에 잘린 상쾌함에 뛸 듯이 기뻤다. 영화 〈4등〉의 줄거리는 간단해 보이지만, 심연으로 파고 들어가면 간단치 않은 뭔가가 있다.

여기 천부적인 재능을 타고난 수영선수 광수가 있다. 아시안게임을 앞두고 훈련을 하면서 한국 신기록을 밥 먹듯이 갈아치우는 에이스 중의 에이스다. 그런데 대회 직전 동네 아저씨들과 도박을 하다 몇 날 며칠을 허비하고 태릉선수촌에 지각 입촌을 하게 된다. 뒤늦게 국가대표 훈련에 참가하게 되지만, 감독은 화가 치민다. 광수는 무단으로 지각 입촌한 대가로 체벌을 받게 되고, 격분한 채 국가대표직을 박차고 나온다.

16년 후. 천재 수영선수 광수는 구청 체육관의 평범한 수영코치가 되어 있다. 그러던 어느 날, 초등학교 5학년의 만년 4등 수영선수 준호가 광수의 지도를 받게 된다. 재능은 있지만 노력이 부족하다 느낀 준호의 엄마는 광수가 잘 가르친다는 소문을 듣고 거액의 레슨비를 들여 맡긴 것이다. 과연 효과가 있었는지 만날 4등만 하던 준호는 2등 메달을 차지하게 된다. 하지만 기쁨도 잠시, 어느 순간부터 준호의 몸에는 멍이 떠나질 않는다. 알고 보니 광수는 체벌을 심하게 가하는 악랄한 코치였다.

준호 아빠는 당장 레슨을 그만둬야 한다고 주장하지만, 준호 엄마는 절규한다. "나는 준호가 맞는 것보다, 준호가 멍투성이인 것보다, 준호가 4등 하는 게 더 두려워!" 우여곡절 끝에 준호는 광수를 벗어나 혼자 수영을 하게 된다. 그리고 마침내 광수의 체벌이나 강압 없이 오롯이 준호 자신의 힘만으로 금메달을 따내며 영화는 아름답게 마무리된다.

영화를 보는 내내 아구창이 혀 밑으로 가득해진 불편한 느낌을 받았다. 그만큼 영화는 현실의 부조리와 불합리를 날카롭게 베어내 피를 뚝뚝 흘리며 눈앞에 들이댔다. 아니, 솔직히 말하자. 아구창이 가득 찬 것 같은 이물감과 불편함은 결국 나 자신의 문제 때문이라고. 영화 속 준호 엄마의 모습과 내 모습이 겹쳐져 보이기 때문이라고. 스크린 위로 내 적나라한 알몸이 비춰졌기 때문에 러닝타임 내내 힘겨웠던 것이다.

이제 4학년짜리 아이를 밤 10시까지 학원에 보내는 내 모습. 아이가 영재교육원에 합격했다고 뛸 듯이 기뻐하는 내 모습. 책 한 권을 읽혀도 스펙 쌓기에 도움이 될 것 같은 책에만 눈길을 주는 내 모습. 영화 한 편을 같이 봐도 영화 주제에 대해 토론을 하고야 마는 내 모습. '영화 속 준호 엄마나 나나 다를 게 뭐가 있나!'라는 자괴감이 쓰나미처럼 밀려왔다. 차이점이라고는 운동이냐 공부냐 하는 것뿐. 결국 나 역시 내 아들에게 광수 코치를 붙여주고 있는 건 아닐까.

은메달증후군이란 게 있다. 금메달리스트야 으레 행복할 것인데 의외로 동메달리스트의 행복지수가 은메달리스트보다 높다는 것이 요지다. 4등이란 숫자도 그런 의미에서 묘한 메커니즘을 발동시킨다. 5등이나 6등보다 행복할 것 같지만 의외로 4등 역시 불행하다. '조금만 더 잘했으면 메달을 딸 수 있었을 텐데…'라는 아쉬움과 탄식이 4등이란 숫자를 불행의 구렁텅이로 빠트린다.

오직 등수로만 행복을 가늠하는 세상은 오롯이 1등에게만 행복을 허락한다. 1등을 제외한 나머지는 모두 다 괴롭고 불행하다. 그런데 가장 안타까운 것은 1등조차도 그리 행복하지 않다는 점이다. 그 1등은 1등을 하기 위해 무엇이든 희생하고 무엇이든 감내해야 하기 때문이다. 결국 경쟁만을 강조하는 사회는 모두에게 불행의 메달을 하나씩 안긴다.

재닛 에번스처럼 올림픽을 마친 후 보게 될 기말고사가 걱정

되는 선수야말로 진정한 세계 1등의 행복을 누릴 자격이 있다. 결과도 중요하지만 과정도 그에 못지않게 중요하다. 어쩌면 과정이 더 중요할 수 있다. 인생은 어차피 '과정의 적분'으로 이루어진 것이기에 그 하나하나의 선을 즐기고 느끼고 감상해야 한다. 덩어리의 넓이만 재면 끝이 아니란 말이다.

오늘 밤에도 잠든 아이를 바라보다 내 왼 팔꿈치를 슬쩍 훔쳐본다. 흉터가 선명하다. 내 아이는 과연 재닛 에번스처럼 행복해질 수 있을까. 아니, 그보다 더 시급한 건 나다. 나는 과연 그녀처럼 행복할 수 있을까.

더 많은 맥주병이
너에게 행복을 주리니

물리시간

**인생은 결국
벚꽃 터널을 한 번 지나가는 일이다.**

행복이란 뭘까. 벌써 10여 년 전 일이다. 2004년 9월 말. A대학 병원 안과 진료실. 무뚝뚝한 말투의 여의사는 무심한 듯 그러나 단호한 어조로 말했다.

"지금부터 조심하지 않으면, 시력을 잃게 될 겁니다. 술도 드시면 안 되고, 일도 무리하시면 안 됩니다. 앞으로는 무조건 조심하세요. 조심조심 사는 수밖에 없어요."

시력을 잃는다고? 실명이라니! 내가? 실명이라니! 내가 이 나이에 실명이라고? 조심하며 살라는 말은 더욱 암담했다. 서른, 철근이라도 떡볶이처럼 씹어 먹을 나이에 산에 들어가 약초라도 캐며 살란 말인가. 아홉 굽이 휘몰아치는 폭포수 아래서 도라도 닦으며 살아야 하나. 말 그대로 '암담暗澹'이란 단어가 진료실 바닥에서 벌떡 일어나 내 따귀를 철썩 갈기는 기분이었다. 이런 게 희망이 없고 막막한 상황이구나. 진단을 받고 터벅터벅 나서는 아스팔트길 위로 햇볕이 유독 따사롭게 비쳤다. 금지옥엽 딸에게만 쬐게 한다는 가을볕이다. 정수리는 따뜻하지만 마음은 유독 헛헛하고 차갑게 식어 들어갔다.

그리고 서늘한 마음 한구석으로 문득 지난 30년 세월이 켜켜이 쌓여갔다. 나도 모르게 눈에는 눈물이 맺혔다. 그리고 귓가엔 'Una Furtiva Lagrima…' 오페라 아리아 한 소절이 흐른다. 오페라 〈사랑의 묘약〉 가운데 '남몰래 흐르는 눈물.' 쳇! 하필 '안드레아 보첼리' 버전이 뭐람! 파바로티 버전도 있고, 도밍고 버전도 있는데, 왜 하필 보첼리 버전만 귓가를 맴도느냐는 말이다. 열두 살에 사고로 시력을 잃었지만 음악을 포기하지 않은 세계적 테너 안드레아 보첼리. 그처럼 아름다운 목소리도 매혹적인 노래 실력도 없는 나의 무능에 실소가 터진다. 뛰어난 재능도 없는데, 앞이 안 보이면 나는 앞으로 어떻게 먹고산단 말인가. '사랑의 묘약'은 있어도 내 참담함을 치유할 묘약은 이 길 어디에도 없구나. 나는 울음에 차 외친다. '도니체티여! 제발 나에게도 약장수를 보내주소서!'

당시 나는 입사 4년 차였고, 〈TV 동물농장〉이라는 프로그램의 담당 PD였다. 공교롭게도 불과 몇 주 전 시각장애인 안내견 아이템을 촬영하고 있었다. 시각장애인들의 눈이 되어주는 충직한 골든리트리버들이 무척이나 대견했다. 북실북실한 황금빛 털은 또 눈부시게 아름다웠다. 나는 여느 아이템보다 성심을 다해 촬영하고 편집했다.

하지만 그건 어디까지나 남의 일이었기에 가능했다. 내가 하면 로맨스 남이 하면 불륜! 지독한 나의 이기심! 엄연한 남의 일이었기에 안내견에게도 고마움을 느끼고 성심을 다할 수 있었다. 어디까지나 앞이 훤히 보이는 나였기에 정성을 다할 수 있었던 것이다. 결국 안내견 간식을 사비로 사 가는 선의는 오만하기 짝이 없는 내 마음이 한 짓이자, 강 건너 불구경하는 내 마음이 한 짓이었다. 자만과 선 긋기. 말하자면 난 내 자비심에 도취돼 남미나 아프리카 아이들에게 돈이며 사탕이며 초콜릿을 안기는 나쁜 여행객이었던 셈이다.

병원을 나와 집에 도착하기도 전에 나는 내게 닥친 이 참사에 절망했다. 젠장. 씨발. 염병할. 우라질. 쉣. 왕빠따. 왓더퍽. 갓뎀!!!!!! 온갖 욕이 먼저 입에서 튀어나왔다. 뒤이어 하느님, 부처님, 알라신이 영문도 모른 채 소환되었다. 교회고 성당이고 법당이고 한 번도 다녀본 적 없는 놈이 불러내니 당황하셨을 게다. 그다음으로 얼굴도 모르는 조상님께서 무덤에서 벌떡 일어나 소환되셨다.

아무리 생각해도 '내가 왜? 내가 도대체 왜?'란 의문이 머릿속을 떠나지 않았다. 그래서 내 인생 30년을 돌아보며 악행 일기를 써

내려갔다. 영화 〈올드보이〉의 오대수(최민식 분)가 그랬던 것처럼 그냥 술술 써졌다. 심지어 난 군만두도 필요 없었다. 그런데 안타깝게도 이 갑자기 닥친 불행을 설명해줄 만한 명쾌한 한 줄이 부족했다. 누굴 해코지했다거나 누군가에게서 피눈물 뽑아내는 몹쓸 짓은 한 적이 없었다. 대체 내게 왜 이런 일이 생긴 걸까.

그 무렵의 나는 4년 동안 단 하루도 쉬지 못하고 새벽부터 오밤중까지 촬영장을 누비고 편집실을 오갔다. 마음이 아프니 몸도 아프기 시작했다. 지독한 몸살을 앓았다. 팀장에게 휴직을 하겠노라 말하니 밀린 휴가를 먼저 쓰라고 했다. 4년간 못 쓰고 쌓인 휴가는 무려 6개월. 얼추 휴직과 비슷한 효과를 발휘하는 시간이었다. 일주일간 하루 15시간씩 잤다. 먹고 자고 싸고 자고. 밀린 잠의 허기를 메우고 나니 몸은 좋아졌다. 하지만 정확히 그만큼 마음의 짐은 커졌다.

소로우처럼 호숫가에 오두막이라도 짓고 살아야 하나. 아니 미래에 대한 걱정보다는 과거에 대한 후회가 더 아프게 밀려왔다. 이럴 줄 알았으면 세계일주라도 한번 했어야 하는데, 뭐 이리 취직은 일찍 했는지. 이럴 줄 알았으면 더 많이 즐기고 더 많이 웃고 더 많은 맥주를 마실걸! 이럴 줄 알았으면…!

그리고 나는 결심했다. 지금부터라도 내 마음을 향해 더 크게 눈을 뜨고 더 열심히 귀 기울이자고. 그래서 국장을 찾아가 텔레비전 제작 본부를 떠나고 싶다는 폭탄 발언을 던졌다. 학창 시절부터 진짜 내가 원하던 라디오 프로듀서의 길을 가고 싶다고 덧붙였다. 텔레비전과 라디오 본부 간의 인적 교류는 쉬운 일이 아니었지만, 사즉생死卽生은 통했다. 진심으로 때려치울 각오로 덤비니 라디오 본부로 적을 옮길 수 있었다. 그 후로 지금까지 지난 10여 년간 내 마음속에 소로우의 '월든'을 품고 라디오 프로듀서로 살고 있다. 그동안 듣고 싶은 노래를 들으며 더 많이 웃고 더 많은 산을 오르고, 더 많은 맥주를 마셨다. 이게 진짜 행복이지.

그러던 2014년 가을. 만 10년 만에 나는 신촌의 한 대학병원에서 출소 명령을 들었다. 2004년 가을부터 1년에 두 번씩 정기적으로 내 눈을 검사하던 의사가 부드럽게 그러나 단호하게 말했다. "더 이상 오실 필요 없어요. 10년간 추적검사했는데 문제가 전혀 없어요." 뭐 딱히 수술이나 치료를 한 건 아니니 완치라는 말은 조금 어폐가 있지만, 아무튼 눈에 아무 문제가 없음이 판명 났다고 설명했다. 10년간 검사를 했는데도 이상이 없는 건 결국 오진이었다는 말을 조심스럽게 덧붙였다. 아니 정확히 말하자면 '그럼 오진인 셈이죠?'라는 내 추궁에 의사는 살며시 고개를 끄덕였다.

기분이 묘했다. 당장 오진을 한 A병원 의사에게 달려가 침이라도 퉤 뱉고 싶었지만, 다른 한편으론 날아갈 듯 행복해 아프리카에 우물이라도 파러 가든지 네팔에 학교라도 지으러 가고 싶어졌다. 10년간 억울한 옥살이를 했지만 결국 진실이 밝혀져 무죄를 선고받은 죄수의 기분이 이럴까. 14년이라는 긴 세월 억울한 누명에 갇혀 있다가 속 시원하게 복수한 몽테크리스토 백작의 기분이 이럴까. 아니면 자신의 아버지와 형을 죽인 원수 초평왕의 시체를 관에서 꺼내 가루가 되도록 300번 매질해댄 오자서의 심정이 이럴까. 아무튼 달콤하면서 씁쓰름한 야릇함이 내 몸을 휘감았다. 그리고 당연히 더 많은 맥주를 마셨다.

일본 영화 〈바닷마을 다이어리〉를 보면 후타가 주인공 스즈를 자전거에 태우고 벚꽃 터널을 달리는 장면이 나온다. 아버지와의 벚꽃 구경 추억을 그리움으로 간직하고 있는 스즈를 위로하기 위해 후타가 흩날리는 벚꽃을 맞으며 자전거 페달을 힘차게 밟는 것이다. 스즈를 향한 후타의 소심한 연정은 그렇게 벚꽃 그림자 아래서 조금씩 스며 나온다. 그런데 재미난 사실은 후타가 스즈와 자전거로 벚꽃 길을 구경한 것을 후회한다는 사실이다. "아! 이렇게 자전거로 빨리 터널을 빠져나올 줄 알았으면, 차라리 스즈와 같이 천천히 벚꽃 길을 걸을걸!"

나 역시 후타와 조금도 다를 바 없다는 진실을 그 순간 깨달았다. 인생은 결국 '벚꽃 터널을 한 번 지나가는 일'이다. 자동차를 탈수도 자전거를 탈 수도, 혹은 걸을 수도, 때론 뛸 수도 있다. 그건 오롯이 각자의 실존적 선택의 문제다. 나는 나대로 벚꽃 터널을 걸어갈 것이다. 때로는 내 조바심이 차에 올라타라고 자전거에 오르라고 혹은 운동화 끈 질끈 매고 뛰라고 소리칠 것이다. 하지만 난 귀를 닫고 걷겠다. 뚜벅뚜벅.

퇴근 후 택시를 타고 성산대교를 건너 집으로 오면서 한강을 바라보다 문득 나는 이런 상상에 빠진다. 영화 〈어바웃 타임〉처럼 인생 어딘가로 돌아갈 수 있다면 얼마나 좋을까. 2004년 가을 그날, A병원으로 돌아가볼까. 그럼 난 어떤 선택을 했을까. 아직도 난 텔레비전 프로그램을 제작하고 있을까. 그리 오래 지나지 않아 '다시 그날로 돌아가도 난 똑같은 선택을 할 것'이라는 결론에 도달했다. 결국 난 그날 세상의 빛을 잃을 수 있다는 공포감의 대가로, 내 자신의 욕망 그리고 내 자신의 '행복'에 제대로 눈을 뜬 것이다.

덧 하나. 〈어바웃 타임〉 주인공이 갖고 있는 능력이 내게 생긴다면 나는 딱 두 번만 시간여행을 하고 싶다. 우선, 2003년 여름으로 돌아가고 싶다. 며칠째 하혈을 하시는 어머니를 억지로라도 병원으로 모시고 가서 수술시켜 드리고 싶다. 당시 어머니는 단순히 폐경기 여성들에게 일어나는 하혈인 줄 알고 병원에 가시지 않았다. 그리고 약 1년 후 어머니는 자궁내막암 3기라는 끔찍한 진단을 받으셨고, 지난 15년간 무려 5번의 수술과 5번의 항암치료를 받으셨다. 8시간씩 걸리는 대수술. 눈썹에 머리카락 한 올까지 모두 뽑혀 나가는 끔찍한 항암주사. 치료받으시는 모습을 옆에서 지켜보고 있자면 가슴이 미어진다. 나는 그날로 돌아가 어머니께 건강을 선물하고 싶다.

덧 둘. 시간여행으로 절실하게 돌아가고 싶은 또 하루는 2014년

4월 16일. 장소는 인천항. 무슨 수를 쓰더라도 배가 출항하는 걸 막고 싶다. 아이들을 구하고 싶다. 남은 자들의 핏빛 울음도 추모의 노란 리본도 아예 없던 일로 만들고 싶다. 팽목항을 행복한 웃음만 가득한 항구로 되돌리고 싶다. 희망이란 단어를 볼 수 있게 대한민국의 실명을 고쳐주고 싶다.

어찌할 수 없음을
받아들일 것

**뭔가를 고치려면 전부 분해해서
진짜 중요한 게 뭔지 알아내야 한다.**

외젠 들라크루아 님에게

당신에게 편지를 보내겠다는 생각은 정확히 2000년 가을, 보스턴 하버드대학교의 한 강당 구석에서 시작되었습니다. 당시 저는 하버드 평생교육원에서 '영국 낭만주의 문학의 이해'란 수업을 듣고 있었지요. 첫 시간부터 교수의 인상적인 말이 터져 나왔습니다. "낭만주의는 여러분이 생각하는 낭만과는 거리가 있는 말이에요."

문학, 미술, 건축 등 다양한 분야에서 문예사조 혹은 예술운동으로 사용되는 '낭만주의'와 우리가 일상에서 쓰는 '낭만'은 구별

되어야 한다는 점을 지적한 겁니다. '궂은비 내리는 날 그야말로 옛날식 다방에 앉아 도라지 위스키 한 잔에다 짙은 색소폰 소리'를 듣는 최백호의 '낭만'과 문예사조 '낭만주의'는 다르단 말이지요. 어떻게 다르냐? 이게 어렵습니다. 카리스마 넘치는 교수 역시 이게 쉬운 일이 아니라고 강조했지요. 어쩌면 한 학기 내내 '낭만주의'가 무엇인지에 대한 설명만 하다가 강의가 끝날지도 모른다는 무시무시한 말을 했습니다.

그 교수는 '낭만주의'라는 단어를 들여다보고 있으면, 자기는 롤링스톤즈의 믹 재거가 제일 먼저 떠오른다고 했어요. 72세의 나이에 29세 여자친구와 아이를 가졌다는 2016년 연예 뉴스를 예견이라도 한 걸까요. 아니면 최소한 세계적인 그룹 마룬 파이브의 노래 〈Moves like Jagger〉를 예상했던 걸까요. 아무튼 그녀는 믹 재거가 낭만주의의 화신이라고 단언했습니다. 롤링스톤즈를 비틀즈에 비교하면 이해가 쉽듯이 당신을 흔히 앵그르와 비교하여 설명하곤 하지요. 선과 색. 이성과 감정. 고전주의와 낭만주의. 하지만 본질은 여전히 모호합니다.

당신의 작품 〈사르다나팔루스의 죽음〉에 대해 얘기하기 전에, 얼마 전 영화를 보다가 당신의 그림자를 너무도 뚜렷하게 발견하고는 깜짝 놀랐다는 이야기를 하고 싶습니다. 장 자크 발레 감독의 〈데몰리션〉이란 작품인데, 이 영화에서 당신의 작품 〈사르다나팔루스의 죽음〉이 떠올랐기 때문입니다. 주인공 데이비스(제이크 질렌

할 분)는 아름답고 착한 아내와 결혼해서 행복하게 삽니다. 매일 아침 6시면 일어나 운동도 열심히 합니다. 장인의 회사에서 근무하며 돈도 잘 벌지요. 그야말로 누구나 부러워하는 완벽한 삶의 주인공입니다.

완벽한 그의 삶에 어느 날 문득, 아내의 교통사고라는 저주가 형벌처럼 드리워집니다. 세상일이란 게 늘 그렇지요. 그런데 놀랍게도 그는 아내의 죽음 앞에서 눈물 한 방울 흘리지 않습니다. 자신의 완전한 삶에 너무도 큰 균열이 생겼지만, 그는 원망도 하소연도 하지 않아요. 오히려 '슬프지도 화가 나지도 않는다'고 덤덤히 말합니다. 당연히 정상적으로 보이지는 않지요. 그래요. 그의 슬픔 혹은 그의 분노는 엉뚱한 출구로 표출됩니다.

사고를 당한 아내가 실려 간 병원 복도에서 어이없게도 그는 허기를 느낍니다. 아내가 죽은 그 순간에도 배가 고픈 그는 자판기에서 초콜릿을 뽑아 먹으려 합니다. 기계 고장으로 동전을 날리게 되자, 그는 아내의 장례식 도중 자판기 회사로 장문의 항의 편지를 씁니다. '저는 자판기에 25센트짜리 5개를 넣었어요. 초콜릿은 나오지 않더군요. 10분 전 제 아내는 죽었습니다'라는 말을 시작으로 편지는 이어집니다. 과연 그에게 아내의 죽음은 어떤 의미인 걸까요.

장례를 치르고 데이비스의 일상은 다시 반복됩니다. 새벽같이 일어나 운동을 하고 시리얼을 씹고, 출근을 하고, 업무를 봅니다. 너무도 평온한 그의 태도에 주변 사람들은 의아하게 생각합니다. 데이비스가 모시는 사장이자 동시에 장인이기도 한 남자는 딸의 죽음에도 너무나 태연한 사위에게 화가 납니다. 데이비스를 불러 꾸짖듯 말합니다. '뭔가를 고치려면 전부 분해해서 진짜 중요한 게 뭔지 알아내야 한다'고. 데이비스는 그 말을 듣고 깨달음을 얻습니다. 먼저 냉장고나 커피머신을 분해하기 시작합니다. 급기야 자신이 살고 있는 집까지 깡그리 해체합니다. 해머로 불도저로.

그는 자신을 둘러싼 모든 것, 심지어 자기 자신까지 해체하려합니다. 그래야 자신이 누구인지, 자신이 죽은 아내를 얼마나 사랑했는지 알 수 있으니까요. 누군가 말했지요. 멈춰야 비로소 보인다고. 틀린 말은 아니지만 조금 부족하다고 생각합니다. 저는 오히려 당신의 그림 〈사르다나팔루스의 죽음〉이 더 많은 걸 말해주고 있다고 생각해요. 모든 걸 해체해야, 모든 걸 버려야, 모든 걸 내려놓아야 비로소 보인다고요.

당신의 그림을 마주친 첫 순간이 떠오릅니다(전에도 숱하게 봤지만 진정으로 당신의 그림을 읽게 된 첫날입니다). 어느 날, 교수가 수업시간에 슬라이드를 가져오더니 명화를 보여주었습니다. 당신의 작품인 〈민중을 이끄는 자유의 여신〉이 화면에 나타나자 저는 거의 울 뻔했습니다. 반가움에 겨워서 말이지요. 전쟁 난리 통에 헤어진 여동생을 20년 만에 만난 기분이었습니다. 고백컨대, 그림도 낯익고 그림의 제목까지 알고 있던 유일한 작품이었으니까요. 그때 처음으로 저는 당신의 저 유명한 그림이 그저 멋진 그림을 넘어서, 낭만주의 시대를 열어젖힌 상징임을 알게 되었습니다.

　교수는 프랑스대혁명과 낭만주의를 설명하기 위해 당신의 그림을 오랫동안 보여주었습니다. 정확한 묘사와 선을 중시하는 당시의 사조에 반기를 들고, 감정에 휘둘리는 붓질과 과감한 색감의 활용을 통해 완성한 당신의 작품은 그야말로 형식과 내용의 혼연일체를 보여주었습니다. 김훈의 《칼의 노래》가 내용과 문체의 합일을 통해 감동을 준 것처럼 말이지요.

　제게 그날의 감동이 꽤나 컸나 봅니다. 당신의 작품을 굳이 찾아보게 되었으니까요. 제가 가장 좋아하는 당신의 그림은 〈사르다나팔루스의 죽음〉입니다. 과감하고 강렬한 구도와 생동감 넘치면서 공격적인 색감은 보는 이의 감정을 소용돌이치게 만듭니다. 당신은 낭만주의 시인 바이런으로부터 영감을 받아 이 작품을 완성했다지요.

　아시리아의 마지막 왕 사르다나팔루스는 전쟁에 패합니다. 반란군의 손아귀에 왕궁이 짓밟힐 위기에 처하자, 그는 죽음을 택합니다. 장작더미를 쌓아놓고 그 위에 침대를 올려놓습니다. 그리고 거기에 누워 불을 지르라고 명합니다. 물론 혼자 죽는 건 아니지요. 자신의 후궁과 애마를 모두 죽입니다.

　당신은 그 장면을 정말이지 격정적으로 포착하셨더군요. 얼마나 폭력적이고 격한 감정을 불러일으키는 작품이었으면, 살롱에 전시된 당신의 작품을 본 어떤 이는 '손가락을 모두 잘라 다시는 화가의 일을 할 수 없게 만들어버릴 것이다'라는 무시무시한 말을 했을까요. 그림에는 피 한 방울 보이지 않지만 반란군의 함성과 저항하는 여인들의 울부짖음이 들립니다. 폭발하는 색채와 카오스로 가득 찬 구도는 죽음과 파멸을 음미하는 왕의 표정과 기묘하게 어우러져 가공할 만한 파괴력을 뿜어냅니다.

현대미술에서 절대적인 거장 한 명을 꼽으라면 누구나 파블로 피카소를 거명할 겁니다. 피카소는 폴 세잔을 일컬어 '나의 위대한 스승 세잔은 우리 모두의 아버지 같은 존재다'라고 존경을 표했지요. 그런데 말입니다. 그 위대한 세잔이 당신을 숭배했습니다. 당신의 작품을 보고 피나는 연습을 하기도 했지요. 당신의 영향으로 세잔의 사과가 탄생했고 우리는 그 이전과 다른 세상을 볼 수 있는 눈을 갖게 되었습니다. 그러니 당신은 현대미술의 아버지의 아버지, 곧 할아버지인 셈입니다.

현대미술의 할아버지, 당신에게 오래전부터 품어온 질문을 하려고 합니다. 대체 사르다나팔루스왕의 표정은 왜 이리 평온한지요? 모든 것이 파멸되는 그 시점에 그는 파괴를 음미합니다. 그는 어찌할 수 없는 절망을 즐기고 있습니다. 바이런의 시에서는 백성들을 지키기 위해 스스로 불길로 뛰어드는 자기희생의 화신으로 표현되는 사르다나팔루스를 사디스트로 전락시킨 이유가 대체 뭔지 궁금했습니다. 당신의 의도는 뭔가요.

제가 당신께 던진 질문에 대해 스스로 고민해봤습니다. 그리고 고심 끝에 나온 제 나름의 결론을 당신과 나누고자 합니다. 살다 보면 이성으로 납득하기 어려운 일이 있지요. 문득 사르다나팔루스의 얼굴에서 저는 한 곡의 바이올린 연주를 보았고 들었습니다. 침몰하는 배에서 끝까지 멈추지 않았던 연주. 그래요. 영화 〈타이타닉〉의 가장 인상적인 장면은 침몰하는 갑판 위에서 품위를 잃지 않고 연주를 이어가는 월리스 하틀리의 모습이었죠. 얼음물 위에 둥둥 떠서 자신의 여자를 끝까지 지킨 레오나르도 디카프리오와 그 사랑을 수십 년간 고이 간직한 케이트 윈슬렛. 모두 감동적이고 아름다웠지만 침몰의 찰나에 선상에서 이루어진 연주만큼 제 가슴을 후벼 파진 못했습니다.

차가운 갑판 위에 울려 퍼지는 곡의 제목은 얄궂게도 〈주께 더 가까이Nearer My GOD to Thee〉였습니다. 우리 인간에게는 두 가지 선택지가 있습니다. '어찌할 수 없음'이 곁에 늘 함께 있다는 진실을 깨닫고 있는 지혜로운 자. 그걸 모른 채 죽는 그 순간까지 아등바등 허겁지겁 재우치는 자. 당신은 사르다나팔루스의 얼굴에 진실을 심어두었지요. 저는 그림을 보며 무릎을 쳤습니다! 당신의 의도를 알아챘다는 사실을 떠벌리고 싶은 어리석은 욕망에 한껏 달떴지요.

세상살이의 가장 큰 지혜를 하나만 남기라면 저는 주저 없이 이렇게 말하렵니다. '어찌할 수 없음'을 받아들이라고. 사르다나팔루스는 온전히 '어찌할 수 없음'을 받아들였습니다. 〈데몰리션〉의

데이비스 역시 마찬가지입니다. 월리스 하틀리는 한 걸음 더 나아가 아름다운 연주로 '내려놓음'을 승화시킵니다.

　때로 욕심에 겨워 발버둥 치는 날이나 욕망에 휘감겨 숨을 헐떡이는 날이 있습니다. 아니, 솔직히 자주는 아니지만 종종 그렇습니다. 그럴 때 저에겐 완벽한 처방약이 있습니다. 스피커로 월리스 하틀리가 연주한 〈주께 더 가까이〉를 들으며 당신의 작품 〈사르다나팔루스의 죽음〉을 들여다봅니다. 차분히 그림을 뜯어보다 보면 어느덧 2분 51초의 연주는 끝이 납니다. 그러고 나면 거울에 비친 지혜로운 얼굴 하나를 발견하게 되지요. 당신에게 다시 한 번 감사드립니다. 발버둥 치는 욕심에 완벽한 처방약을 만들어주셔서.

　2016년,
　〈사르다나팔루스의 죽음〉으로부터 처방전을 얻은 환자 드림

때로는 간이 배 밖으로
나올 때도 있어야 한다

생물시간

직장에서 상사가 지랄해도 쓰쓰쓰.
누가 뭐라 해도 귓등으로 흘리고 쓰쓰쓰.

'간 때문이~야! 간 때문이~야!' 이 CM송을 기억하는가. 실로 놀라운 경지의 진실을 담고 있는 광고 카피다. 단언컨대, 내 인생 최고의 명언이자 경구다. '건강이 천 냥이면 간이 구백 냥이다'라는 속담도 있듯이, 간은 우리 건강을 좌지우지하는 장기다. 간肝이라는 한자를 뜯어보면 더욱 명확해진다. 고기 육肉에 줄기 간干. 우리 몸의 살덩이 가운데 줄기를 이루는 장기란 뜻이다.

프로메테우스는 인간에게 불을 가져다준 죄로 카프카스 바위에 묶여 독수리에게 '간'을 쪼이는 형벌을 받는다. 또 무모함을 이를 때, '간덩이가 부었다' 혹은 '간이 배 밖으로 나왔다'고 한다. 지조가 없는 이를 일컬어서는 '간에 붙었다 쓸개에 붙었다'라고 힐난한다. 구미호가 사람의 간을 먹는 이유 역시 간이야말로 인간의 영靈이 머무는 신성한 곳이기 때문이다. 또 사람이 놀랄 때면 '간 떨어질 뻔했다'고 말하고, 무서울 때면 '간이 콩알만 해진다'고 호들갑을 떤다.

간뇌도지肝腦塗地란 고사성어도 있다. '간과 뇌를 땅에 칠하다'라는 의미로 기꺼이 자신을 희생하여 충성을 다하는 상황을 일컫는다. 그 유명한 장판파의 전투에서 조자룡이 유비의 아들 유선을 구하느라 화살을 맞고 온몸이 피 칠갑이 된 채 본진에 도착한다. 유비는 강보에 쌓인 아이를 땅에 팽개치며 미안함을 표하고, 이에 감복한 조자룡은 간과 뇌가 드러나 땅을 적시도록 충성하겠다는 맹세를 한다. 간이 얼마나 중하면 뇌와 동급으로 놓는단 말인가. 그런가 하면 간담상조肝膽相照라는 지극한 우정을 표현하는 사자성어도 있다.

〈간장선생〉이라는 영화도 있다. 〈복수는 나의 것〉, 〈우나기〉, 〈나라야마 부시코〉 등의 감독인 이마무라 쇼헤이의 작품으로, 그의 작품 중 가장 독특한 영화다. 간염을 퇴치하기 위해 동분서주하는 의사의 이야기다. 영화는 줄곧 간염 치료에 대한 이야기로 흘러간다. 간이란 결국 해독의 장기다. 전쟁 말기 일본 사회의 문제점에 대한 해독의 메타포로 간을 활용했다. 몸뚱이든 사회든 해독은 꼭 필요하다.

〈별주부전〉을 보자. 아무리 죽음을 벗어나고자 해도 '간을 떼어 놓고 왔다'는 대사를 날리는 상상력은 과연 어디서 왔을까. 〈별주부전〉의 정식 명칭은 〈토끼전〉이다. 작자도 모르고 연대도 모르는 고전소설로 〈수궁가〉, 〈토별가〉, 〈토별산수록〉 등 다양한 이본이 존재하는데, 어림잡아 100여 종이다. 그중 가장 눈에 띄는 특이한 제목은 단연 〈토兎의 간肝〉이다. 토끼가 주인공이고 이 내러티브를 끌고 가는 주된 모티브는 역시 간이다. 〈토끼전〉은 인도의 불전설화에 뿌리를 두고 있다. 〈원왕본생猿王本生〉이 근원설화인데, 여기에서는 악어가 원숭이의 간을 탐한다.

또 《삼국사기》 〈김유신열전〉에도 구토설화가 등장한다. 그렇다면 우리나라에서는 최소한 삼국시대에 이 이야기가 발아한 것이라고 볼 수 있다. 이미 2,000여 년 전, 삼국시대에 간을 떼어냈다 붙였다 하는 상상력을 발휘했다는 게 진정 놀랍다. 요즘이야 간 이식 수술이 신장 이식과 더불어 가장 흔한 이식 수술이 되었지만, 그 옛날에 이런 걸 어떻게 알았을까.

일본 속담에 '적은 혼노지에 있다'는 말이 있다. 일본 역사에 관심이 있는 사람이라면 '혼노지本能寺의 변變'이라는 사건을 들어봤을 것이다. 오다 노부나가가 수많은 전쟁을 이기고 천하의 패권을 쥐려는 순간에 심복인 아케치 미츠히데가 혼노지라는 절을 기습해 그를 자결하게 만든 사건이다. 이 사건으로 전국시대의 패권은 오다 노부나가에서 우리가 너무도 잘 아는 토요토미 히데요시라는 괴물로 넘어가게 된다.

누가 봐도 천하의 패권을 손아귀에 쥔 대세에게 칼을 들이밀었다는 점, 그것도 최측근이 모반을 했다는 점, 이렇듯 상식적으로 납득이 안 가는 정황 때문에 이 사건은 일본 역사상 최대 미스터리로 남아 있다. 워낙에 역사적으로 함의가 많은 지점이고 상식을 벗어난 일이기에 온갖 추측과 이론이 난무한다. 그런데 이 사건 역시 간 때문에 일어났다고 나는 조심스럽게 가설을 던져본다.

나는 다음과 같은 기록에 유독 눈길이 간다. 오다 노부나가는 늘 술을 강요했다. 아케치 미츠히데는 거부했고, 노부나가는 화가 나서 '나의 술을 거부하는가. 그럼 이걸 마셔라'라며 그의 얼굴에 칼을 들이댔다. 또 술자리에서 미츠히데가 조용히 자리를 뜨려고 하면 '이 대머리 녀석'이라고 화를 내며 그의 머리를 쳤다. 미츠히데는 술을 싫어하는 사람임에 틀림없다. 아니, 정확히 말하자면 술을 마실 수 없는 상황이었을 것으로 짐작된다. 당시 분위기에서 가신이 주군의 술을 거부한다는 건 어불성설이다. 여기에는 그럴 수밖에 없는 신체적인 문제가 있었다는 합리적인 추론이 가능하다.

내 생각에, 미츠히데는 지금으로 치면 간경화나 간암을 앓고 있었을 가능성이 매우 높다. 간이 안 좋으면 욱하는 성격이 되기 십상이다. 충동적으로 폭발할 가능성이 높아진다. 그에게 전국시대 일인자가 되려는 야망이 있었든, 토요토미 히데요시의 밀약을 받았든, 혹은 예수회의 조종과 간섭이 있었든, 하여간 그 이유를 폭발시킬 방아쇠가 존재했는데, 신체적 상태가 바로 그 발화점이었던 셈이다. 슈테판 츠바이크의 《광기와 우연의 역사》를 굳이 들먹이지 않더라도, 역사의 극적인 순간에는 수많은 장작더미와 성냥 한 개비가 동시에 필요하다.

회식에 지친 자들이여! 컨디션이나 여명808을 쌓아놓고 먹는 자들이여! 주목하시길 바란다. 간에 독이 쌓이고 울화가 쌓일 때 유용한 방법이 있다. 독자분들은 이제부터 초집중하시라. 단언컨대, 변변찮은 이 책을 구입한 당신의 어리석음을 여기서 만회할 수 있으리라 장담한다. 나는 대인배의 마음으로 가수 김도향 선생에게 들은 비기秘記를 여기서 나누고자 한다.

김도향은 유독 건강에 관심이 많은 가수다. 〈바보처럼 살았군요〉라는 히트곡을 아신다면 당신은 60대! '사랑해요 사랑해요 엘지'라는 그룹 CI송이나 '이상하게 생겼네 롯데 스크류바 삘 삘 꼬였네 들쑥날쑥해 사과맛 딸기맛 좋아 좋아'라는 CM송을 기억한다면 당신은 40대! 김도향이란 가수를 모른다면 당신은 20대!

아무튼 이 비법은 20대부터 90대까지 모두에게 유용한 비법이다. 원래 김도향은 '똥꼬 조이기 운동 전도사'로 유명하다. 〈에브리바디〉라는 '항문 조이기 전도송'을 음반으로 발표하기도 했다. 정식으로 취입한 음반의 가사이니 놀라지 마시고 잠시 감상하시길 바란다. 그 까다롭다는 SBS 가요 심의팀 심사도 무사히 통과했다. '전 연령 방송 적합'이라고 음반 옆에 정확히 찍혀 있다.

지하철에서 또는 버스에서
쓸데없이 잡담 말고 졸지도 말고
편안하게 눈 감고 고요히 앉아
다른 사람 모르게 명상하듯이
조용히 항문을 조입시다

너무너무 화날 때 너무너무 힘이 들 때
너무너무 슬플 때 너무너무 괴로울 때
정신 차려지고 기분이 좋아져
가끔씩 조이면 정말 좋아
조용히 항문을 조입시다

자! 다 조였으면 이제 김도향이 남긴 간에 관한 비기로 다시 돌아가보자. 그는 진지하고도 엄중한 목소리로 간을 보호하기 위해서 수시로 '쓰 쓰 쓰'라고 쌍시옷 발음을 하면 좋다는 비법을 알려줬다. 우리가 화나거나 열 받을 때 가장 흔하게 하는 '씨팔'이나 '쌍' 같은 욕에서도 쌍시옷을 볼 수 있다. 쌍시옷 발음이 간의 열과 울화를 덜어주기 때문이란다. 나도 처음에 들었을 땐 '이거 뭐지'라는 생각이 들었다. 조금, 아니 많이 황당한 주장에 여러 한의사들을 만나 자문을 구해보기도 했지만, 딱히 누구도 《동의보감》 혹은 《황제내경》 같은 책을 들먹이며 내게 근거를 제시하지는 못했다.

하지만 당시 그를 고정 게스트로 매주 만나던 처지라 '김피디 해봤나?'라는 질문에 당당하게 답하기 위해서라도 나는 스스로 모르모트의 운명을 받아들였다.

정확히 일주일간 시도해봤다. 결과는 놀라웠다. 정말이지 피로가 가시는 느낌이었다. 상쾌한 기운이 온몸을 감싸며 돌았다. 10여 년간 나만 알고 있는 비법을 여기에 내놓는 심정이란 이루 말할 수 없이 착잡하다. 정말이지 나만 알고 있는 단골 맛집 다섯 군데가 〈수요미식회〉에 소개되어 두 시간씩 줄을 서야 하는, 다시 말해 나로서는 다시는 갈 수 없는 맛집으로 변한 기분이다. 그 정도로 중요한 비법이니 이 책을 사서 읽은 독자분들은 부디 어디 가서 발설하지 마시길 간곡히 부탁드리는 바이다. 간 건강을 위한 비법을 알려드렸으니, 지금부터라도 간 큰 삶을 사시길.

직장에서 상사가 지랄해도 쓰쓰쓰
집에서 마누라가 바가지를 긁어도 쓰쓰쓰
남편이 만날 술 마시고 조간신문과 함께 들어와도 쓰쓰쓰
자식이 사고 치고 들어와도 쓰쓰쓰
불알친구가 돈 떼먹고 도망가도 쓰쓰쓰
공부해라 잔소리에 귀가 따가워도 쓰쓰쓰
보이스피싱 당해 적금을 날려먹어도 쓰쓰쓰

누가 뭐라 해도 귓등으로 흘리고 쓰쓰쓰
왜냐하면 당신의 삶은 오롯이 당신의 것이니까

삶과 죽음을 양손에 쥐고
균형을 잡을 줄 알아야 한다

도덕시간

알랭 드 보통은 말했다.
"해골 앞에서는 다른 사람들의 억압적인 의견도 위압적으로 느껴지지 않는다."

　　요즘 유독 양복 입을 일이 자주 생긴다. 면바지에 티셔츠 차림으로 사계절 내내 출근하는 직업적 특성상 옷장에 양복은 단 두 벌뿐. 결혼식용 회색 양복 한 벌과 핑크색 넥타이 하나 그리고 상가용 검정 양복 한 벌과 검정 넥타이 하나. 우리 PD들 사이에서 '양복 입는다'는 표현은 '사고 쳤다'와 동의어로 쓰인다. 심의에 크게 어긋나는 방송을 만들어 방송통신위원회에 중징계를 받으러 갈 때만 유일하게 양복을 입고 출근한다. 그래서인지 양복 입는다는 표현도 양복 그 자체도 PD들은 혐오한다.

　　그 싫은 양복에 넥타이 차림, 그것도 검정색 양복을 요즘 들어 유난히 자주 입고 있다. 나이가 사십 줄이 넘으니 주변에 부모님 상을 당한 지인들이 많이 생긴 것이다. 나는 상가에 조문 가는 걸 유독 힘들어한다. 상주에게 어떤 표정을 지어야 할지 가늠이 안 되기 때문이다. 무슨 말을 해야 할지는 더더욱 모르겠다. 또 예를 표하고 상에 앉아서는 간만에 만난 지인들과 데면데면할 수 없어 반가운 이야기를 나누다 보면, 나도 모르게 톤이 올라가고 웃음소리가 커지기 일쑤다. 깜짝 놀라 상주를 바라보곤 행여나 실례가 될까 가슴 졸이게 된다. 그래서 상가가 불편하다. 유독 '박자감'을 갖추기 힘든 장소이자 중용을 찾아야만 하는 장소.

하지만 요즘은 과한 웃음도 상주를 위로하는 방법이 될 수 있다는 걸 인정하게 되었다. 때로는 웃음과 익살이 과하게 넘치더라도 오랫동안 상가를 지켜주는 조문객이 상주를 진심으로 위로한다는 '문상의 진리'를 깨달았기 때문이다. 어린 시절엔 외할머니가 돌아가시고 고스톱판과 술판이 질펀하게 벌어지던 시골 외가의 상가 풍경을 도저히 참을 수 없었다. 이 나이가 되어서야 어렴풋이나마 세상 돌아가는 이치가 머리에 와 닿는다. 왁자한 조문객들을 굽어보시며 외할머니도 하늘에서 행복하셨으리라.

이제 삶보다는 죽음에 조금 더 무게 중심이 쏠리는 나이가 되어서일까. 혹은 상가 돌아가는 이치가 이해될 나이가 되어서일까. 아무튼 요즘은 죽음에 관한 소설이나 영화가 달리 보인다. 구로사와 아키라 감독의 영화 가운데 죽음을 정면으로 응시한 작품이 있다. 〈이키루〉라는 작품인데 〈라쇼몽〉이나 〈7인의 사무라이〉 등의 작품에 비해서는 비교적 덜 알려진 작품이지만, 요즘의 나는 이 〈이키루〉가 유독 와 닿는다.

주인공 와타나베 칸지는 지방 중소도시의 시청 공무원이다. 비록 출근은 꼬박꼬박하지만, 특별히 하는 일 없이 하루하루를 보내는 노년의 과장이다. 그는 아내와 사별하고 아들 부부와 함께 살고 있다. 그러던 어느 날 위암 진단과 함께 3개월 시한부 판정을 받는다. 하나뿐인 핏줄인 아들에게 위안을 얻으려 하지만 아들 내외는 오로지 분가해서 살림 차리는 일에만 몰두한다. 이에 크게 실망하고 배신감을 느낀 노년의 사내 칸지는 술이나 도박으로 죽음의 공포를 잊으려 한다. 하지만 그마저도 쉬운 일이 아니다.

그러던 중 주인공 칸지는 예전에 함께 근무했던 여직원을 우연히 만나게 된다. 그녀는 지금 인형 제조공장의 직공이 되어 있다. 시한부의 사내 칸지는 그녀에게서 생명력을 느끼게 된다. 그녀를 통해 조금씩 절망의 구렁텅이에서 빠져나와 서서히 '무언가 창조한다는 것'의 기쁨을 배우게 된다. 탄력을 받은 칸지는 관료주의의 타성 때문에 그동안 묵살되어온 빈민가의 놀이터 건립에 자신의 남은 인생을 걸게 된다. 우여곡절 끝에 필사적인 노력으로 놀이터는 건립되고, 마침내 그는 완공식이 끝난 텅 빈 놀이터에서 함박눈을 맞으며 쓸쓸히 죽어간다.

주인공 칸지와 함께 눈을 맞으며 나 역시 텅 빈 놀이터에 앉아 있었다. 그리고 눈물이 흘렀다. 사실 이 영화는 최근 아버지의 추천으로 보게 되었다. 공교롭게도 이 영화의 개봉 연도는 아버지가 태어나신 해인 1952년. 여러 가지 의미에서 나는 이 작품을 보고 나서 아버지에 대해 많은 생각을 하게 되었다. '이키루'는 일본어로 '살다'라는 뜻이다. 어느덧 아버지는 이제 산다는 게 뭔지 그리고 죽음이 뭔지에 대해 하루에도 몇 번씩 생각하시는 연세가 되셨다. 더군다나 어머니 병간호로 지난 15년을 병원에서 보내신 탓에 늘 죽음의 경계선에서 사투를 벌이셨다. 아버지는 아마도 세상을 등지기 전 에밀 아자르처럼 '한바탕 잘 놀았소'라는 말을 남기실 수 없을 것이다. 그러기엔 지나치게 고생도 많이 하셨고 지나치게 열심히 일만 하셨으며 지나치게 가족만을 위해 희생하시며 삶을 살아내셨다.

최근 어머니는 항암치료 과정에서 무시무시한 고통에 신음하셨다. 나름대로 간병을 한다고 했지만 너무나 부족했다. 어머니께 송구하고 죄송스러웠다. 어머니는 서운함의 표시로 평생 입에 담지 않으시던 말까지 하셨다. "동생이라도 하나 더 있었어야 하는데…." "딸이라도 하나 있었으면 얼마나 좋았을까…."

가슴에 비수가 꽂혔다. 형제가 있었다면 조금이라도 상황이 함함했을까. 어머니 간병에 혼신을 다하신 아버지께도 죄송했다. 다만 나로서는 직장생활을 병행하며 최선을 다해 노력한다고 했지만, 내 효심이 많이 부족하다 느끼셨을 테고 서운하셨을 게다. '나름' 최선을 다한다는 건 중요치 않다는 사실에 나는 절망했다. 특히

나 아버지의 지친 어깨를 볼 때마다 김훈의 소설 〈화장〉이 문득문득 떠올랐다. 투병생활을 지켜보는 아버지는 대체 또 얼마나 힘드실까.

내 삶 역시 죽음에 시나브로 물들고 있다. 말하자면 나의 실존에 대해 치열하게 고민하고 있다는 말이다. 중학교 2학년 어느 봄날 새벽 2시, 나는 이불킥을 하며 고민했다. '나는 죽으면 어디로 가는가.' 무섭다. 중2병 환자가 사춘기에 느낀 죽음에 대한 공포는 불혹에도 한 치의 오차 없이 그대로다. 사춘기가 지나도 여전히 나는 죽음이 두렵다.

알렉상드르 졸리앙은 《인간이라는 직업》에서 '산다는 것은 피치 못할 시련을 당해내고 역경에 맞부딪치고 불확실성을 감당하는 일'이라고 말한다. 구약성서 〈전도서〉의 '헛되고 헛되다 모든 것이 헛되다'는 말씀을 굳이 빌지 않더라도 우리네 인생은 결국 덧없음을 인정하고 받아들이는 과정이 전부다. 무엇을 남기는 것이 아니라 무엇을 버리고 버려 온전히 나의 실존으로 남는 침전물이 무엇인지를 가리는 일이 삶이다.

그렇다면 절망과 허무주의에 빠져 허우적대는 일이 우리가 할 수 있는 일의 전부일까. 아니다. 우리에겐 한 가닥 불빛이 남아 있다. 니체의 《차라투스트라는 이렇게 말했다》를 살펴보면 희망의 불빛을 찾을 수 있다. '모든 것은 가며, 모든 것은 되돌아온다. 존재의 바퀴는 영원히 돌고 돈다. 모든 것은 시들어가며 모든 것은 다시

피어난다.' 내가 지금 쉬는 숨 한 모금이 영원히 반복된다고 생각한
다면 헛되이 쉴 수 없을 것이다. 마지막 순간까지 최선을 다해 나의
삶을 살아내야 한다. 그게 바로 산다는 것의 의미다.

데이비드 실즈의 《우리는 언젠가 죽는다》를 보면 '채널 2번부
터 99번까지 찾아봐도 죽음에 대한 구제책은 없다'는 사실을 전제
하고 죽음에 관한 논의를 시작한다. 엄정한 생물학적 관점에서 '문
자 그대로의 노화'를 통해 죽음이 삶의 말단에 존재하는 일부분임
을 강조한다. 데이비드 실즈의 아버지는 묘하게 삶과 죽음의 줄타
기를 펼친다. 마치 왼손에 '카르페 디엠'과 오른손에 '메멘토 모리'
를 쥐고 아찔하게 저글링하면서 삶과 죽음의 경계선을 줄타기 하
는 곡예사 같다. 그는 자신의 욕구에 지극히 성실하면서도 한편으
로는 육체의 쇠락을 받아들이는 현명함을 보여준다(여기서의 욕구는
대부분 성욕이다).

이 책을 읽다 보면 죽음을 삶의 일부로 자연스럽게 받아들이
게 된다. 죽음으로 삶은 완성된다는 둥의 정신승리나 신에게 돌아
간다는 종교적 관점에서의 이해가 아니다. 데이비드 실즈의 아버
지만큼은 아니지만 우리 모두 어렴풋이는 알고 있다. '죽음이란 늘
나쁘지만은 않다'는 진실을.

시지프스처럼 영원히 반복되는 삶이란 얼마나 끔찍한가. 카
뮈의 지적대로 '우리 모두는 각자의 위치에서 인간승리를 하고 있
는 셈'이다. 영화 〈사랑의 블랙홀〉에서 기상캐스터 필 코너스(빌 머

레이 분)가 매일매일의 삶이 똑같이 반복된다는 저주에서 느끼는 절망감은 또 얼마나 끔찍한가. 죽음은 결국 사언절구나 칠언율시의 지킬 수밖에 없는 운율이 그러하듯, 우리 삶의 미학적 완성도를 한결 높여준다. 죽음은 때론 의외의 장소에서 의외의 방법으로 삶의 질을 높이기도 한다. "죽음에 대한 생각에서 용기를 얻어 사회의 기대 가운데 정당성이 없는 것으로부터 벗어날 수 있다. 해골 앞에서는 다른 사람들의 억압적인 의견도 위압적으로 느껴지지 않는다." 알랭 드 보통은 《불안》에서 이렇게 말했다.

단언컨대, 죽음을 등에 지고 가는 자가 가장 용감하다. 더럽지만 '도쿠가와 이에야스의 똥 싼 얘기'를 한번 해보려 한다. 때는 전국시대. 도쿠가와 이에야스는 당대 최고의 명장 다케다 신겐과 싸우다 완패하고 쫓기게 된다. 병사들은 풍비박산. 제 한 몸 겨우 건사해 말을 달려 도망쳐 돌아온다. 겨우 자신의 본진으로 돌아와 말에서 내리는데 어디서 똥 냄새가 진동을 한다. 알고 보니 자신이 말 안장에 똥을 잔뜩 지린 채 달려 도망쳐 온 것이다. 그만큼 '호랑이 신겐'에게 벌벌 떨며 도망친 것이다.

중요한 건 이 이야기를 어떻게 다룰지, 사후 처리에 관한 문제다. 도쿠가와 이에야스는 화공에게 자신의 똥 싼 모습을 그리게 한다. 일종의 와신상담. 명예를 목숨처럼 알았던 전국시대 무사의 행동으로선 굉장히 파격적이다. 당시 대부분의 다이묘들은 알량한 명예를 지키기 위해 할복도 서슴지 않았다. 이 그림의 정식 제목은

〈도쿠가와 이에야스 미카타가하라 전역 화상〉인데 보통은 '이에 야스의 우거지상'이라 불린다. 그는 왜 자신의 우거지상을 굳이 그려 후세에 남겼을까.

여기에 도쿠가와 이에야스가 에도막부시대를 열 수 있었던 힘이 숨어 있다. 이에야스가 지린 똥은 과연 무슨 의미인가. 괄약근이 자신도 모르게 풀렸다는 것을 의미한다. 괄약근은 우리 생명의 상징이다. 괄약근이 풀린다는 건 곧 죽음이다. 똥을 말안장에 한가득 지리고도 몰랐다는 건 자신도 모르게 임사체험을 했다는 것. 결국 도쿠가와 이에야스는 죽음을 맛봤고 그 죽음을 그림으로 남겨 기억하고자 했다. 메멘토 모리! 이에야스는 신겐에게 당한 그 순간부터 '죽음을 등에 지고' 전국시대를 온몸으로 겪어낸 것이다. 때로는 굴욕의 침전물을 핥아대고 때로는 조소의 찌꺼기를 씹어 삼키더라도 그는 죽음을 온전히 껴안았다. 그리고 그는 일본을 통일했다.

나는 어떤가. 등에 업히려는 '죽음'을 한사코 뿌리쳤다. 아무리 직장이 바쁘고 호구지책이 힘겨워도 더 자주 어머니의 병실을 찾았어야 했다. 후회가 밀려온다. 난 왜 놀이터를 성심껏 짓지 못할까. 난 왜 똥 싼 모습을 화공에게 그리라 명하지 못할까. 삶과 죽음에 대해 많은 생각을 해본 오늘이다.

종례시간

앙투라지entourage. 프랑스어로 '주변 사람들' 혹은 '측근'이란
뜻을 가진 단어다. HBO에서 방영된 '본격 성인 남성 판타지' 미드
의 제목이기도 하다. 할리우드 스타 배우를 중심으로 그의 사촌형
과 불알친구들, 총 네 명의 머저리들이 등장한다.

하는 짓을 보면 개망나니요, 어리바리하기로는 어디 견줄 데
가 없을 정도다. 사고뭉치에 자뻑왕자, 찌질한 삼류배우까지 실로
환상적인 조합이다. 하지만 네 명의 친구들은 늘 함께 밥을 먹고, 기
쁨과 슬픔을 진심으로 나눈다. 누가 뭐래도 그 넷은 진정한 의미의
'식구食口'인 셈이다.

내 기준에서 보자면, 인생에서 성공한 사람이란 결국 앙투라
지가 많은 사람이자 동시에 많은 사람들에게 기꺼이 앙투라지가
되어주는 사람이다. 베트남의 고승 틱낫한은 '사랑이란 결국 시간
을 내어주는 것'이라고 정의한다.

결국 누군가의 앙투라지가 된다는 건 그를 진정으로 사랑한다
는 뜻이다. 많이 사랑하고 많이 사랑받는 사람이야말로 인생의 승
리자다. 이 책을 읽는 동안만이라도, 다만 그 짧은 순간만이라도 나
의 졸고가 기꺼이 당신의 앙투라지가 되었으면 좋겠다는 작은 바

람이 줄곧 머릿속을 맴돌았다.

친구나 지인으로부터 청첩장이나 부고를 받게 되면 봉투에 얼마를 넣어야 할지 늘 고민이다. 하여 앙투라지 법칙을 대입해 축의금을 계산하는 나만의 '축의금액 산출 공식'을 만들었다. 여러분과 공유코자 한다.

$$축의금 = \frac{10만\ 원 \times 최근\ 3년간\ 만나서\ 밥\ 먹고\ 술\ 먹은\ 횟수}{알고\ 지낸\ 햇수}$$

왕년에 아무리 절친한 사이였다 해도, 지난 3년간 만나지 못했다면 그 관계는 그리 대단해 보이지 않는다. 누군가를 진심으로 사랑한다면 다른 거 다 필요 없다. 자주 만나서 밥 먹고 침 튀기며 수다를 떨어라. 아무리 시시콜콜한 이야기라도 좋다. 아니, 오히려 시시하고 잡스러울수록 좋다. 당신의 귀중한 시간을 일상다반사에 흔쾌히 내어주는 것이야말로 진정한 사랑이다.

이재익, 이승훈 PD 그리고 나. 우리 셋은 2012년 5월부터 지난 5년 동안 한 주도 거르지 않고 매주 만나 서너 시간씩, 세상 아무짝에도 쓸데없는 이야기를 주워섬겼다.

40여 년의 인생 경험과 가치관을 함께 나눈 재익이 형과 승훈이는 본의 아니게 내 인생의 앙투라지가 되어버렸다. 장구 신동이던 어린 시절, 부잣집 아들에서 하루아침에 노숙자 신세가 된 신산한 고생담, 숫자에 연연하던 학창 시절, 누군가의 영어 선생이 되어야 했던 군대 무용담까지. 우리는 그야말로 오만 가지 경험을 다 나눴다.

그런데 생각해보니 〈씨네타운 나인틴〉의 애청자들 역시 우리의 앙투라지다. 가끔 공개방송이나 토크 콘서트를 하게 되어 애청자분들을 직접 만나게 되면 마치 벌거벗은 기분이다. 내 인생사를 속속들이 알고 계시기 때문이다.

또 간혹 영화를 보고 내가 어떤 평가를 내릴지 예측해서 이메일을 보내오는 애청자분들도 계시는데, 정말이지 너무나도 정확하고 디테일까지 정밀하게 맞아떨어져서 깜짝깜짝 놀라곤 한다. 나의 가치관이나 미학적 취향까지도 고스란히 읽어내시는 것이다.

나는 정말이지 행복한 사람이다. 〈씨네타운 나인틴〉 애청자들이라는 너무도 많은 앙투라지를 갖고 있기에. 나 역시도 가능한 한 많은 애청자들의 앙투라지가 되었으면 좋겠다. 제발!

뭐라도 될 줄 알았지

초판 1쇄 2016년 10월 5일

지은이 | 이재익 이승훈 김훈종

발행인 | 이상언
제작책임 | 노재현
편집장 | 서금선
에디터 | 정선영
디자인 | 김진혜 김미연
마케팅 | 오정일 김동현 김훈일 한아름 이연지

발행처 | 중앙일보플러스(주)
주소 | (04517) 서울시 중구 통일로 92 에이스타워 4층
등록 | 2007년 2월 13일 제2-4561호
판매 | 1588-0950
제작 | (02) 6416-3925
홈페이지 | www.joongangbooks.co.kr
페이스북 | www.facebook.com/hellojbooks

© 이재익 이승훈 김훈종, 2016

ISBN 978-89-278-0797-1 03810

중앙북스는 중앙일보플러스(주)의 단행본 출판 브랜드입니다.